記憶を失くした彼女の手紙

～消えてしまった完璧な令嬢と、王子の遅すぎた後悔の話～

クロエ
男爵令嬢の身ながらアルベルトとの結婚を望み、過酷な王妃教育を受けることに。
アルベルト
タギリス王国の王子。幼い頃婚約したシェルニアを疎み、クロエと恋に落ちる。
シェルニア
アルベルトの婚約者だった令嬢。

登場人物紹介
ディザード
ストヴァルの側近。
物腰柔らかいが、腕は立つ。
ストヴァル
辺境ユソルロの若き辺境伯。
武勇に優れるが、民には畏怖されている。
リーディア
ストヴァルの側近。
変人扱いされることの多い研究者気質。
レイン
ユソルロに住む
盲目の少女。

目次

記憶を失くした彼女の手紙

～消えてしまった完璧な令嬢と、王子の遅すぎた後悔の話～

プロローグ

タギリス王国の第一王子であるアルベルトがその手紙を受け取ったのは、婚約者であったシェルニアが記憶を失くしたと聞く三日前のことだった。

シェルニアが書いた手紙など、どうせろくなことが書かれていない。

そう決めつけたアルベルトはその手紙を開くこともなく机の端によけると、作業の続きにとりかかった。

後で後悔することになるとは微塵《みじん》も思わずに。

親愛なるアルベルト様

貴方がこれを読んでいる頃、私はこの世にいないでしょう。

もしも私の話を聞いてくださったなら、アルベルト様が読む前に、私はこの手紙を貴方から取り返しているはずです。

今からお話しするのは、それほど私にとって恥ずかしいことなのです。

なのでもし、少しでも私に情があるのなら、

これからお願いする三つのことを心に留めていただきたいのです。
ひとつ目は、私が記憶を失ったと聞いても、会いに来ないでください。
貴方に会ってしまったら、私が記憶を失くした意味がなくなってしまうのです。
たとえ偶然出会ったとしても、声をかけずにそっとしておいてください。
この記憶喪失は私自身が望んだものです。
アルベルト様が気にかける必要などないのです。
ふたつ目は、これから告げる私の本心を許してください。
これを話さないことには、記憶を失くした説明ができません。
どうかお慈悲を与えてください。
そしてどうか、私の記憶を取り戻そうとしないでください。
私はきっと、何度繰り返しても貴方に恋をします。
それほど私はアルベルト様を長らくお慕いしておりました。
貴方は私を嫌っておいででしたけど……
初めてお会いした時のことを覚えていますか？
私はまだ教育が行き届いておらず、貴方にご挨拶するだけで精一杯でした。
そんな私を貴方はたくさん言葉で笑わせようとしてくれました。
貴方の無邪気な笑顔は私の初恋です。
貴方に好かれていないことはわかっています。

だから私は貴方の隣に立つに値する存在を目指しました。

アルベルト様とともに過ごす時間はなによりの宝物でした。

私は可愛げもなく、器量もよくありません。

それなのに、少しでも長く貴方の婚約者でいようとした私を、
アルベルト様が好きになってくださらないのは当然だとわかっております。

いつか来る日に怯えながら、厚かましくその座に居座ろうとした愚かな女を
どうかお許しください。

貴方が婚約者にと望む方が現れた時。それが私の決めたいつかでした。

貴方のそばに別の女性がいるのを、私は見続けられないほど貴方を愛してしまっていました。

日々やつれていく私に、父が魔女だという方を紹介してくれました。

彼女は記憶を失くすことができる力を持っていました。

私が差し出したのは貴方と結婚する時のために伸ばした髪と、両眼の光です。

どちらも貴族令嬢として、失くしては生きていけない代物ですが、
私は迷うことなく差し出すことに決めました。

父には迷惑がかかるからと、修道院に入ることを伝えました。

一番大変な説得の末、私は生きる上で必要な記憶以外をすべて失くすことになりました。

記憶を失うことを選んだのは私自身です。

決して貴方のせいではありません。

貴方は新しい婚約者と素敵な恋をしてほしいのです。
彼女は器量も、優しさも可愛らしさも持っています。
私が得られなかった、貴方の愛も得ることができます。
どうか私のことなど忘れて幸せになってください。
三つ目はお願いではありませんね。
貴方のことが大好きでした。

貴方を愛したシェルニアより

第一章

アルベルトには幼い頃から婚約者がいた。

タギリス王家に生まれた者は、七歳になる頃には婚約者が決められる。

たくさんの候補者の中から選ばれた婚約者はこれまでの例に漏《も》れることなく、アルベルトが知らないところで勝手に決められたのだ。

「私の婚約者……ですか？」

「うむ、とてもいい子だ。お前もすぐに気に入る」

王座に座る父は顎髭《あごひげ》を撫でながら喜色を帯びた顔でうなずいた。

いつもしかめっ面ばかり見せる父の珍しい表情。

見慣れないその顔に、アルベルトは驚きを隠せなかった。

――あの父上が気に入るとはどんな子だろうか。

王族に近い貴族、隣国の姫君と、これまでに出会った少女たちを思い出す。

たくさん舞い込んでくる縁談の中から選ばれたという娘ならば、自分もパーティー会場で顔を合わせたことがあるかもしれない。

「名前をうかがってもよろしいでしょうか、父上」

「おお……まだ言ってなかったか？　彼女の名前はな、シェ……」

「貴方」

王座から身を乗り出してアルベルトに名前を告げようとした父は、母の一言で口を噤《つぐ》んだ。

「正式に決まったらすぐにわかることです。さぁ、次のお勉強の時間ですよ、アルベルト」

「……はい」

広げた扇子《せんす》で口元を覆った母の鋭い視線がアルベルトに突き刺さる。

あの目を向けられた時は、従わなければ新しい授業を追加されかねない。

アルベルトの脳裏に剣術の後、一晩中ダンスのレッスンを受けさせられた苦い記憶が蘇《よみがえ》る。

「名前くらいはいいだろう」

「だめですわ」

「……失礼します。父上、母上」

アルベルトは婚約者のことを知りたい気持ちを抱えながら、母に歯向かうような真似《まね》をしてはならないと、次の授業に出ることを選択した。

――仲良くなれるといいな。

両親の選んだ自分の婚約者に想いを馳《は》せながら、アルベルトは授業を受けた。

それでなくても苦手な剣術の授業は散々な結果だった。

婚約者は侯爵家の生まれで、シェルニアという名のとても可愛い娘だと教えられたのは、彼が誕生日を迎える半年ほど前のことだ。

その時はアルベルトも自分の婚約者がどれほど可愛らしいのか、会えるのを心待ちにしていた。

初めて顔を合わせる機会が訪れたのは、アルベルトが思っているよりもずっと早いタイミングだった。

「誕生日会にシェルニアが来るだと!?」

「は、はい」

シェルニアの父親であるオズワルド侯爵フラドが娘を連れてくる――そのことを誕生日の当日になって執事から聞かされたアルベルトは、驚くと同時に憤《いきどお》っていた。

「なぜもっと早く言わないんだ!」

「お伝えしていたつもりだったのですが……」

言われてみれば、確かにそんなことを言っていたような気もする。だが、アルベルトは王子としての勉強や剣術の授業が忙しく、ろくに聞いていなかった。そのことを棚に上げて執事に詰め寄る。

「私が返事をしていないのに伝わっているというのか!」

「……申し訳ございません」

「急いで彼女へのプレゼントを用意しろ!」

「はい! 今すぐ!」

アルベルトの要求に、執事は返事とともに部屋を飛び出した。

――使えない奴め。

アルベルトは腹の中で悪態をつくと、そばにあったソファーにふんぞり返るように座る。

年齢とともに増える授業に、母の厳しい言いつけ、そして第一王子としての執務に追われるアルベルトは、余裕を持って人と接することができなくなりつつあった。

「アルベルト様。もしよろしければ、こちらをお持ちください」

憤慨《ふんがい》するアルベルトの部屋にひとりの男がふらりと現れた。

──扉を閉めていかなかったのか。

アルベルトはすっと目を細めて、開きっぱなしの扉から現れた男を睨《にら》みつけた。

「だれだ？」

「お初にお目にかかります。ユソルロの地で子爵の地位を賜《たまわ》っております、バァンと申します」

うやうやしい仕草で挨拶をするバァンは、貴族の男らしく読めない笑顔を浮かべている。

厳しい寒さに耐え、争いの絶えない隣国ジギとの国境を守る辺境地、ユソルロ。その地で暮らせいか、でっぷりと肥えた王都の貴族とは違い、バァンはすっきりした出で立ちをしていた。

「ユソルロの……私になんの用だ」

月に数度、辺境地から使者が訪れるとは聞いたことがある。だがこれまで会うこともなかった男が突然現れたことにアルベルトは戸惑い、警戒していた。

「先ほどまで陛下と面会をしておりまして……」

「定期報告……それは領主の役目ではないのか。なぜおまえが？」

「我が領主は元々体が弱く、僭越《せんえつ》ながら私が領主の代わりに謁見《えっけん》するよう申し付かっているのです」

「ああ……父上の」

ユソルロの領主は父王の弟。アルベルトにとって叔父にあたる存在だ。返事をしつつ、アルベルトは遠い昔に一度会っただけの相手を思い浮かべる。

——確かに、青白い顔をしていたな。

そんな人間が長時間馬に乗って王都まで来られるとは思えない。

「で？　それがなぜ私のところに来た」

アルベルトは首をかしげた。

「献上品としてお持ちしたものの、王妃様には可愛らしすぎると返されてしまった品がありまして」

バァンはそう言って、抱えていたいくつかの箱のうち一番小さな箱を差し出した。

子供の手のひら程度の大きさの箱は軽く、アルベルトは受け取ってすぐに箱を開いた。

「耳飾りか……」

雫《しずく》の形に整えられた、石英とガラス玉だけのシンプルなイヤリング。派手なものを好む母には合わないだろう。

それを見たアルベルトの頭になぜか、これまで会ったことがなく、どんな女の子かも知らないシェルニアのことが過《よぎ》る。これから会う婚約者に、このイヤリングを贈りたいと思った。

「これを譲ってもらえるか？」

「ええ、もちろん。そのためにお持ちしたのですから」

バァンはそう言ってアルベルトにイヤリングを手渡した。

「喜んでもらえるだろうか」

アルベルトは小さな箱を大切そうに見つめながら、小さく呟く。

長らく会いたいと願い続け、半年前にようやく名前を知っただけの婚約者。いざ贈り物が決まってみると、ふいに不安がアルベルトを襲った。

「もちろん。きっとお喜びになるに違いありません」

バァンはそう言って、言葉を続けた。

「愛を与えられれば、その分の愛を返すのが当然です。きっとシェルニア様は、アルベルト様に夢中になるに違いありません」

「本当にそう思うか？」

「ええ、もちろんです。きちんと愛を受け取った人は、必ず心からの喜びや笑顔を見せるはずです。アルベルト様からの贈り物ならなおさら、そうに決まっていますとも」

バァンはアルベルトに、愛とはどういうものかを語った。

アルベルトの両親は、父と母である前に国を統べる立場にある。親から受け取るはずの愛を知らないアルベルトは、バァンの言葉を簡単に信じた。

それと同時にアルベルトは新たな疑問を抱く。

「シェルニアが喜んでくれなかったら、どうすればいいのだろうか？」

「そんなことが万が一にもあるのなら、そうですね……」

バァンは一度言葉を切って、考える素振りを見せた。

それからすぐに、思いついたようにアルベルトと視線を合わせると、読めない笑顔でそっと囁《ささや》く。

「見返りがないのに愛し続けるなど、愚か者のすることですよ、アルベルト様」

「愚か者？」

「ええ。与えた以上に与えられるのがアルベルト様、貴方の特権です」

その言葉にアルベルトは、なるほど、と納得するしかなかった。

自分は選ばれ、誰からも愛される存在であると。同時に愛とはどんなものなのかと。

アルベルトは、バァンの言葉に自分の在り方を、存在を認められた気がした。


「お久しぶりです、アルベルト様」

昼頃、謁見《えっけん》の間に座る第一王子アルベルトと父王ギルベルトの前に、オズワルド侯爵フラドはたくさんの品を持ってシェルニアとともに現れた。

「っ……お久しぶりです」

淡いブルーのドレスを身につけ、フラドの一歩後ろに控える少女。

アルベルトは彼女の姿に目を奪われた。

——なんて可愛らしい子だろう。

シャンデリアの明かりを受けて輝くエメラルドグリーンの瞳が、アルベルトを見て柔らかく笑みを携える。動くたびに揺れる髪は、少女らしくレースやリボンで飾られていた。

彼女の持つ雰囲気はアルベルトの母である女王を思わせ、近寄りがたさを感じたものの、それを気にする心をアルベルトは持ち合わせていなかった。

彼の心臓は早鐘を打ち、自分の婚約者がどんな声でしゃべりかけるのだろうと期待した。

「お初にお目にかかります、アルベルト殿下。シェルニアと申します」

「……っ、ああ。遠いところ、よく来てくれた」

アルベルトの前に進み出たシェルニアはすでに完璧な淑女としての片鱗《へんりん》を見せていた。

「このたびはお誕生日おめでとうございます」

「あ、ああ」

シェルニアに見惚れるアルベルトを前に、シェルニアは小さな手でドレスの裾《すそ》をつまみ、見事なカーテシーをしてみせる。

すらすらと自己紹介をしたシェルニアに対して、アルベルトは緊張した面持ちを隠せずに、生返事をするだけで精一杯だった。

「素晴らしい子だろう、アルベルト……アルベルト?」

「……はい！」

父親に名前を呼ばれてすぐ、アルベルトは返事ができなかった。

目の前の、自分のために選ばれた婚約者に魅了されていたのだ。

――この子が私の婚約者。

アルベルトは喜びを噛みしめるように、心の中で何度も同じ言葉を繰り返していた。

「……アルベルト。シェルニア嬢に庭を案内して差し上げなさい」

「はい、父上」

ギルベルトは満足そうに自身の髭《ひげ》を撫でつけながらアルベルトに言いつける。

「シェルニア嬢、花は好きだろうか？」

アルベルトは椅子から立ち上がり、シェルニアの目の前に立った。

瞬きするたびに影がかかる目が、アルベルトを向いて弓なりに形作られると、小鳥のさえずりのような返事があった。

「はい、アルベルト殿下」

「母上が大切にしている庭に行こう、きっと君も気に入るだろうから」

アルベルトが右手を差し出すと、シェルニアは手袋に包まれてもわかる小さな手を、そっとその上にのせた。

レースで覆われた手を柔らかく掴んだアルベルトは、はやる気持ちを抑えられず、早足で庭へ向かう。

緊張が彼女に伝わっていないか、スマートに案内ができているだろうかと、そんなことで頭がいっぱいの彼は、シェルニアが靴擦れで痛む足を我慢していることに気がつかなかった。

庭を一周してから、アルベルトはベンチにシェルニアと横並びに座ることにした。

繋いでいた手を離してしゃがむと、箱がポケットから落ちそうになる。

そこでようやくシェルニアへの贈り物を用意していたことをアルベルトは思い出した。

「貴方に贈りたいものがあるんだ」

「私に……ですか」

驚いた表情を見せるシェルニア。

アルベルトのほうからなにかを贈られるとは思ってても見なかったという表情だ。

そんな彼女の様子にアルベルトは気をよくして、リボンで可愛らしくラッピングされた箱を差し出した。

「ありがとうございます、殿下」

両手で受け取ったシェルニアは大切そうにその箱を胸に抱き、笑顔を滲《にじ》ませた。

「うん。気に入ってくれると嬉しい」

きっと、シェルニアによく似合うだろう。


それからというもの、アルベルトは定期的に城を訪れるシェルニアと仲良くなろうと、時間を作っては会う機会を作った。

「どうだ？　面白いだろう、シェルニア！」

「ええ、とても面白いお話ですわ」

「……そうだろう」

はじめはシェルニアに対してひどく緊張していたアルベルトだったが、時間が経つにつれて慣れてきて、会うたびに彼女を連れまわすようになった。

今日経験したことや、王宮内での悪戯《いたずら》といった思いつく限りの面白い話を語ってみたり、彼女が喜びそうな場所へ案内したりと、アルベルトにできる限り、親密になる努力をした。

「シェルニアに見せたいと思ったんだ」

「とても綺麗な湖ですね、ありがとうございます」

「シェルニアの瞳によく似ているだろう？」

「もったいないお言葉ですわ、殿下」

しかしアルベルトがどれだけ言葉を尽くして褒《ほ》めようが、シェルニアは一度たりとも淑女の笑顔を崩さなかった。アルベルトが歩み寄ればその分後ろに下がってしまう。

最初はシェルニアの様子を気にする余裕すらなかったが、仮面を張りつけたような笑顔とありきたりな言葉を返してくるだけの彼女の態度に、可愛げのない女だとアルベルトは幼心に思うようになっていた。

――見返りがないのに愛し続けるなど、愚か者のすることですよ、アルベルト様。

頭の片隅に、バァンの言葉が蘇《よみがえ》る。

「シェルニア！　今日はふたりで馬に乗って街へ行かないか？」

「殿下。お気持ちは嬉しいですが、次代の王たる者が護衛もなく街におりるのは危険です」

「……そうだな」

いつまで経ってもアルベルトを王子としてしか扱わないシェルニアに対して、アルベルトは少しずつ態度を硬化させるようになった。

ふたりのズレは、少しずつ広がりはじめた。

アルベルトがシェルニアを、婚約者という地位にいるだけの存在、親に決められただけの婚約者というカテゴリーにしまいこんで、一切興味を失くしてしまうのはどうしようもないことだった。

転機が起きたのは、成人の儀を終えたアルベルトを祝うパーティーでのことだ。

十六歳となったアルベルトのそばには、当然のようにシェルニアが控え、彼女は婚約者として模範的な態度を貫いていた。

「このたびはおめでとうございます、殿下」

「ありがとうございます、フィルド殿」

「いやぁ、殿下は幸せものですなぁ！　このように美しい婚約者がいて……！」

少し酒気を帯びた貴族の男に言われて、アルベルトは内心でしかめ面をしながらも、微笑みを作った。

「そうですね、私の自慢の婚約者です」

——さも当然という顔で私の横に立つ厚かましい女が婚約者で、幸せ者だと？

アルベルトの心中など知る由もなく、貴族の男は話を続ける。

「シェルニア様はとても優秀で、我々も鼻が高いですぞ」

「それほどでもございませんわ。いつも殿下に助けていただいていますもの」

アルベルトを立て、謙遜《けんそん》する姿は招待客からも好評で、アルベルトは面白くなかった。

近寄ってくる貴族たちが自分を褒《ほ》めたたえる言葉より、シェルニアを褒《ほ》める言葉のほうがより力がこもっているようにすら思える。

アルベルトはこの日、シェルニアへの気持ちを変えた。

可愛げのない女から、図々しい女へ。

アルベルトは己の婚約者に対する評価を少しずつ悪いものに変えて、ついには嫌悪すら抱くようになっていた。

その日から半年後にはシェルニアも成人を迎え、デビュタントのパーティーの日がやってきた。

アルベルトの時とは違い、第一王子の正式な婚約者として紹介されることになっていたシェルニアは、娯楽の少ない貴族たちの注目の的だった。

もちろん婚約者であるアルベルトも同様に注目されていたが、アルベルトはシェルニアとそろいのドレスを作る約束もしていなければ、エスコートをする約束もなかった。

——惨《みじ》めに泣きついてくれば考え直してやってもいい。

婚約者をないがしろにするという、王族としての品格を疑われるような行動をとるアルベルトは、そんな悪いことを考えながら、パーティー会場でシェルニアを待っていた。

エスコートを願う手紙のひとつでもあればもちろん応じるし、ドレスを誂《あつら》えてやる心づもりもあった。だがシェルニアが送ってきたのは、当日は父親とともに会場に向かうという内容の短い手紙だけだった。

パーティーの数日前にその手紙を受け取ったアルベルトは、シェルニアが本当に父親にエスコートされてデビュタントを迎えるとは思ってもいなかった。

そんなものは強がりにすぎず、今に泣きついてくるに違いないと、父ギルベルトの苦言も無視して自分からシェルニアになにか伝えるようなことはしなかった。

そして当日になって、ついにシェルニアが自分を頼らなかったことを知った。

俺に縋《すが》って泣きついてくればいいものを――アルベルトは苦々しく思いつつ、シェルニアを笑顔で迎え入れた。

「まぁ、オズワルド侯爵がエスコートを？」

会場についてシャンパングラス片手に談笑していたアルベルトは、ひとりの名前で静まり返った会場でほかの貴族と同じように自分の婚約者の登場を迎えることになった。

夜でも煌《きら》びやかに輝くクリスタルの光を受けてもなお負けることなく輝くシェルニアは、シックなエメラルドグリーンのドレスと必要最低限のアクセサリーをつけているだけにもかかわらず、不思議と人の目を引くオーラを放っていた。

父親に連れられて深くお辞儀をする姿に皆が感嘆の息を漏《も》らすのすら気に食わないと、アルベルトはシャンパンを一口で飲み干してから彼女のもとへ歩み進む。

ちらちらと自分に向く視線。その視線が、なぜエスコートを婚約者であるアルベルトがしないのか？　と、語っていることをアルベルトは察していた。

「迎えに行けなくてすまなかった」

「……殿下、私の支度が遅くなり申し訳ございません」

アルベルトの形だけの謝罪に合わせてシェルニアがありもしない自分の非を詫びると、納得したように周囲の空気がゆるみ、人々は年若いカップルを好意的に見守りはじめた。

白々しい笑顔で婚約者を迎えるアルベルトを、シェルニアとフラドは笑顔で迎え入れる。

「ありがとうございます、アルベルト殿下」

シェルニアがカーテシーをすると、ドレスに飾られた控えめなビジューがキラキラと光り、女性たちの感嘆の声が漏《も》れた。

ちらりと辺りを一瞥《いちべつ》したアルベルトは、シェルニアへ憧れの眼差しを向ける令嬢たちに笑顔を見せる。アルベルトの珍しい笑顔に令嬢たちは色めき立ち、シェルニアを褒《ほ》める声はたちまちアルベルトへの熱い眼差しにかき消された。

「フラド殿も、よく来てくれた。ここからは私が引き受けよう」

「娘をよろしくお願いいたします、殿下」

フラドはうやうやしくお辞儀をすると、その場を離れていった。

婚約者であるにもかかわらずエスコートをしなかったという事実に、腹の中では八つ当たりにも似た弁明をしながら手を差し出す。

シェルニアは戸惑ったようにその手を眺《なが》めた後、そっと自分の手をのせた。

「おめでとうございます、シェルニア様」

パーティー会場では誰もがシェルニアに声をかけ、そのたびにアルベルトは彼女とともに相手をするはめになった。

自分を差し置いて主役のように振る舞うシェルニアに対して、アルベルトは苛立《いらだ》ちを覚えていた。

確かに見た目も聡明さも同年代に比べれば抜きん出ているが、この女はなにもわかっていない。

アルベルトは笑顔を浮かべながら、胸中では婚約者を馬鹿にすることばかり考えていた。

男を立て、癒《いや》しを与えることこそが最も重要なのだ。それをこの女はなにもわかってない。

図々しい女から、嫌な女へと。シェルニアへの疎《うと》ましさがよりいっそう強まった。

「飲み物をとってくる、令嬢たちと話を続けていてくれ」

長話に疲れたアルベルトがその雰囲気を醸《かも》し出すことなくスマートにその場を抜けると、すぐに着飾ったたくさんの令嬢に囲まれることになった。

普段はシェルニアに遠慮をしている令嬢たちは、この機会を逃すまいと四方八方からアルベルトに話しかけてくる。

――こんなことならシェルニアのそばを離れなければよかった。

はじめはそんな後悔をしていたものの、いつもはシェルニアと半分に分けられる憧れを一身に浴びることになったアルベルトはすぐに気を持ち直した。

アルベルトを求める視線や、緊張して赤らんだ頬《ほお》を恥ずかしそうに隠す仕草。アルベルトに気に入られようと、甘く鼻にかけたような声が次から次へと褒《ほ》めたたえてくる。

そのなにもかもが新鮮で、シェルニアといる時には感じたことのない魅力があった。

「きゃっ！」

「なんてことなのっ……」

「お召し物が大変なことになっていますわ!!」

令嬢たちと楽しく談笑していると、悲鳴が上がった。

アルベルトが声のほうに顔を向けると、ひとりの令嬢がシェルニアに謝っているところだった。

そのふたりを中心に、会場内は大きな騒動になった。

「皆様、落ち着いてください。私は大丈夫です」

冷静なシェルニアの声が響いた。

張り上げた声でもないのに、彼女が一言発しただけで辺りは静まり、アルベルトはそこでようやく我に返るとシェルニアたちのもとに駆け寄った。

「シェルニア！」

「アルベルト殿下」

騒動の輪をかき分けて彼女たちのそばに来たアルベルトは、すぐに状況を理解した。空になったワイングラスを持ったまま茫然とする令嬢と、その隣に立つシェルニア。エメラルドグリーンのドレスには、真っ赤なワインのシミができている。

いい気味だと、アルベルトは腹の中でせせら笑った。

「なにがあった？」

一応婚約者として、声をかけるアルベルト。

そんな彼に対し、彼女はいつも通りの澄ました顔で答えた。

「私がワインをこぼしてしまっただけですわ」

「そうか……」

「令嬢たちとお話しされていたところを申し訳ございません、殿下」

アルベルトがなにか言うよりも早く、シェルニアは牽制《けんせい》するように状況を詫びた。婚約者の手を借りる必要などないとばかりの、淑女として完璧な対応だった。

——シェルニアに恥をかかせてやろう。

そんな悪戯《いたずら》な心に踊らされ、アルベルトはもうひとりの令嬢のほうに向き直った。そして、優しい声で慰《なぐさ》める。

「心配しないでくれ、貴方のせいではない。シェルニアは大丈夫さ、な？」

そう言って、シェルニアに目を向けた。

「ええ。私の不注意ですから、お気になさらないでください。殿下、彼女のお相手をお願いできますか？　私は控室で着替えてまいります。ご挨拶もなく退席する無礼をお許しください」

シェルニアは美しい所作でカーテシーをして、さっさと会場を後にしてしまった。相手の令嬢を責めるどころかフォローするような言葉は、暗にアルベルトの助けなど必要ない、と言っているようにすら聞こえた。

彼女を止める者はおらず、アルベルトはシェルニアと彼女の取り巻きがいなくなった空間に取り残された。

ワインをかけたほうの令嬢を心配してみせることで、婚約者に顧みられることのない女だと見せつけて恥をかかせてやろうとしたのだ。それが逆に恥をかかされたとアルベルトが気がついたのは、すぐのことだった。

馬鹿にするような視線や憐《あわ》れみのこもった眼差しは、婚約者だというのに手助けひとつ求められることのない男に同情しているように思えた。それにひきかえ扇子《せんす》越しに聞こえる囁《ささや》きは、シェルニアの堂々とした振る舞いを口々に褒《ほ》めたたえている。

アルベルトの小さなプライドは今や、滅茶苦茶にされてしまっていた。

――俺すら利用するというのか……！

頭が真っ白になったアルベルトは、うつむいたまま怒りに震えた。

そんな時だった。

「ありがとうございます、殿下。あの、私はクロエと申します。シェルニア様に大変な失礼をしてしまって、どうしようかととても困っておりましたの」

「いや……そちらは？　ドレスが汚れてはいないか？」

「大丈夫です。お気遣いありがとうございます。こうして直接お会いすると、殿下はお噂よりずっと男らしくて、素晴らしい方ですわね」

そう言って、クロエはダリアの花のような笑みを浮かべた。

怒りで我を忘れそうになっていたアルベルトはその愛嬌《あいきょう》のある笑顔と、自分を褒《ほ》めたたえる甘い言葉にすぐに機嫌を直した。

「シェルニアがすまなかったな」

「いえ、私がぶつかった拍子に、シェルニア様に飲み物をこぼしてしまったのです」

クロエは泣きそうな顔でアルベルトに状況の説明をした。

小動物を思わせる大きな潤《うる》んだ青い目が、助けを求めるように煌《きら》めいてる。

なんと可愛らしいのだろう――シェルニアと違って。

素直で華がある微笑みに、コロコロと変わる愛嬌《あいきょう》のある表情。喜怒哀楽をわかりやすく表現するクロエに、アルベルトは一瞬にして心を奪われた。

シェルニアへの怒りなど吹き飛んで、アルベルトの心はクロエ一色に染まる。

アルベルトは一目でクロエを気に入り、クロエもまた、アルベルトを熱い眼差しで見つめていた。


それから、ふたりが恋人になるのはすぐのことだった。

婚約者がいるという事実は、アルベルトとクロエにとってはともに越えるべき障害で、その障害の存在こそが真実の愛への確信でもあった。

あの出来事の後、シェルニアの成人祝いと正式な婚約発表は後日行われることが決まり、アルベルトはパーティーの最後までクロエと過ごして名残を惜しみながら別れることになった。

初めて言葉を交わしてから、アルベルトは毎日のようにカードを送り、公務の休みの日には密会をした。

クロエはアルベルトに会うと、それはそれは嬉しそうに笑った。目線が合うたびに恥ずかしそうにうつむいたり照れくさそうに笑ったりとせわしなく表情を変えてはアルベルトを喜ばせ、アルベルト様、と名前を呼ぶ声は熱を帯びて甘やかに響き、シェルニアにはない可愛らしい仕草は魔法のようにアルベルトをますます虜《とりこ》にした。

アルベルトにとって、クロエは理想の女性だった。

「今日もこんな素敵なところに連れてきてくださり、ありがとうございます」

向かい合ってガーデンテラスに座るクロエは、聖母のようにアルベルトを優しい笑顔で包み込む。

彼女の魅力はシェルニアにはないものなのだから仕方がない。そう自分に言い訳をして、アルベルトはどんどんクロエに惹かれていく己の心を正当化していた。

「クロエに見せたいと思っていたんだ」

この日の密会にアルベルトが選んだのは、王家自慢の薔薇園《ばらえん》だった。辺り一面に、王妃が大切に育てた花が咲いている。

アルベルトの飾りのない素直な言葉にクロエははにかんで、お茶菓子をそっと口にした。

歯先でクッキーを削るように食べる様はまるで小動物を思わせて、アルベルトは頬《ほお》をゆるめた。

周りは静寂を保っていたが、自分の息のかかった者を使ってクロエを招くアルベルトの行動が、少なくとも歓迎はされていないことはわかっていた。

若気の至りですぐに飽きるだろうという下世話な噂が流れていることも、アルベルトは知っている。

それでも、後になって皆がクロエのよさに気づき、シェルニアよりクロエを選んだアルベルトに擦り寄ってきても相手にしてやるまいという心算で、クロエと過ごす時間を大切にしていた。

クロエ以上に俺の婚約者にふさわしい者はいない。

聞いた誰もが声を上げて驚くだろうことを、アルベルトは本気で思っていた。

「ここに連れてきたのはクロエが初めてなんだ」

「まぁ！」

アルベルトが耳元で囁《ささや》くと、クロエは心底驚いたという声を上げて喜んだ。

シェルニアにはない、わかりやすく素直な反応はアルベルトの気をよくしてくれる。

クロエの存在は、アルベルトにとって心の癒《いや》しだった。

「シェルニア様は？」

「……彼女と非公式に会ったことはないよ」

アルベルトはこともなげにそう言って、シェルニアの話題を露骨《ろこつ》に避けた。

聞かれたくないのだと言外に察したクロエは、庭の薔薇《ばら》に近寄ってわざとらしく花を褒《ほ》めちぎる。

花に惹かれて舞う蝶のような彼女を離れた場所で見つめながら、アルベルトはシェルニアのことを思い出していた。

一度だけ、アルベルトはシェルニアをこの薔薇園《ばらえん》に誘ってみたことがあった。

王子教育の厳しさに部屋を抜け出したアルベルトは、共犯者を探して王宮内を歩いていた。

「シェルニア！」

その頃のシェルニアは、王妃教育を受けるために毎日王宮を訪れていた。彼女を見つけたアルベルトは彼女のもとに駆け寄ると、人目につかないよう柱の陰に彼女を誘導する。

「おはようございます、殿下。一体どうされたのですか？」

強引に手を引かれたシェルニアが目を瞬かせる。

抱えた教材を落とさないよう抱え直した彼女はアルベルトよりも厳しい教育を受けているのか、化粧では隠しきれない隈《くま》の浮いた目をしていた。

「これから散歩に行くんだ。一緒に行こう」

アルベルトはシェルニアの手を掴むと強引に庭に連れ出そうとする。

断られるなど微塵《みじん》も考えていなかったアルベルトは、動こうとしないシェルニアを振り返り、不思議そうに首をかしげた。

「とても嬉しいお誘いですが、これから所用がありますので、ご一緒できません」

「俺と過ごすよりも大切な用事があるとでも？」

「いいえ、殿下。そうではありません。これも殿下のためなのです」

アルベルトの誘いは、王妃教育に疲れているであろうシェルニアへの気遣いのつもりでもあったのだ。それなのに彼女は、アルベルト自身のことをだしにして断った。

そそくさと去っていったシェルニアを、アルベルトがその後デートに誘うことはなかった。

俺よりも王妃教育を選ぶなんて本当に面白みのない女だ、とアルベルトは当時のことを思い出して鼻を鳴らした。

こちらの気遣いを無下《むげ》にして、自分が王妃になりたいがための言い訳にアルベルトを使うとは。

シェルニアにクロエのような愛嬌《あいきょう》が少しでもあれば、アルベルトもうまく取り繕ってやれるのに。

「シェルニアの話はよそう。俺はクロエのことが知りたい」

誰に聞かせるでもなく呟いたアルベルトは楽しい気持ちを取り戻すために、紅茶を一口飲んでからクロエのもとへ向かった。

フリルとレースをふんだんに使った派手な黄色いドレスをまとったクロエは、本当に蝶にでもなったかのように見えた。

「クロエ、結婚しよう」

思わずこぼれた言葉はアルベルトの本心だった。

目を離せばどこかに行ってしまいそうな危うさに、言わずにはいられなかった。

いつか自分の隣に並ぶのはクロエがいい。

淡く思い描いていた想いは、とうとうアルベルトの中に収まりきらなくなっていた。

「でもシェルニア様が……」

「彼女はしょせん、親が決めた形だけの婚約者だ。俺はクロエがいい。時が来れば皆もわかってくれるはずだ」

アルベルトは、庭に咲いた赤い薔薇《ばら》を一輪手折ると、クロエの前にひざまずいた。

「今は辛い思いをさせてしまうが、俺と結婚してほしい」

それはクロエにとって、夢にまで見た王子様との恋がはじまった瞬間だった。

幼い頃から憧れていたお姫様になれる喜びは、クロエを物語のヒロインに仕立て上げた。

本当に現実なのか何度もドレス越しに足をつねってから、クロエはやっとアルベルトに向き直り、震える唇を開いた。

「私もお慕いしています、アルベルト様」

熱に浮かされたアルベルトとクロエは、自分たちの愛は運命なのだと強く確信していた。

アルベルトは立ち上がり、震える手でクロエの髪に薔薇《ばら》を差し込んだ。

「愛している……クロエ」

「私も、愛しています。アルベルト……」

互いに見つめ合いながら、アルベルトは幸せとはこんなふうに感じるものなのかと、感動でしばらく動くことができなかった。


ふたりが想いを告げ合った日から数日が経った。

アルベルトにとって、表面上はなにも変わらない日常が過ぎていく。

ただ、クロエが自分と同じ気持ちを返してくれているのだと知っただけ。

それだけなのに、アルベルトの世界はあの瞬間から、鮮やかな色彩を持ちはじめた。

気にもしたことがなかった朝日にクロエの笑顔を感じ、木々の青さを見るとプロポーズした日が脳裏に浮かぶ。毎日を満ち足りた気持ちにしてくれる存在を胸に、アルベルトはいつも以上に真剣に公務や鍛錬《たんれん》に励《はげ》んだ。

——誰かを大切に想うと、こうも世界が変わるのか。

執務の間にひとり思いを馳《は》せる。

空を見れば、クロエも同じ空を見ているのかと考えることが増えた。

つまらない食事会も、いつかクロエと参加するならばと心が躍った。

そんな傍目《はため》にも浮かれたアルベルトを、シェルニアが咎《とが》めることはなかった。

クロエに夢中になるアルベルトに気づいていながら、なにも言わなかった。

アルベルトはそんなシェルニアのことすら気にならないほど、クロエに溺《おぼ》れた。

毎日カードや手紙を送る息子に王がとうとう口を出したが、アルベルトは止まらなかった。

いや、止まれなかった。

その頃には、アルベルトがクロエに夢中になっていると、貴族たちの間でも噂になっていた。

ある日はお茶をふたりで楽しんでいた。またある日は湖の近くまでクロエとふたり乗りをしていた。

まるで恋人のように寄り添っていたと。

そうなってくると、今まで沈黙を貫いていた王家と近しい有力貴族たちもアルベルトを非難する姿勢を示しはじめた。

アルベルトの態度に苦言を告げる者も現れ、そのほとんどがシェルニアの肩を持つ。アルベルトはいつまでも自分の前に立ち塞《ふさ》がる彼女を疎《うと》ましく思った。

そしてシェルニアを正義として疑わない貴族たちや自分の両親はあの女に騙《だま》されているのだと思い込み、ますます彼女と距離を置くことになった。

「みんなクロエのことを知ればシェルニアよりもずっと素敵だとわかってくれる」

落ち込むクロエを励《はげ》ますうちに、アルベルトはクロエを見せびらかしたい気持ちを抑えきれなくなっていた。

シェルニアとの関係を終わらせるにはどうすればいいかとすら考えるようになっていたのだ。

クロエとアルベルトの仲が本物であることを見せつけたいところではあったが、そんなことをすればクロエに害が及ぶかもしれない。

最悪自分までなにかしらの罰を受けなくてはいけなくなる、とアルベルトは少しだけ残っていた冷静な頭で考えた。

そこでアルベルトは、自らの息のかかった者を使ってシェルニアとアルベルトの仲がどれだけ冷えきっているかを噂させることにした。

実際にアルベルトとシェルニアの仲は、父王の悩みの種になるほど冷たいものになりつつあった。

顔を合わせれば挨拶はするものの、それ以外の言葉は交わさないし、ふたり同じ部屋にいたところで会話はない。

手紙はおろかカードのやりとりも事務的なものだけ。

非公式で出かけたこともない。

アルベルトが広めさせた噂話はなにひとつ嘘のないものばかりで、ギルベルトにも止めることはできなかった。

アルベルトが睨《にら》んだ通り、効果はすぐに現れた。

シェルニアは形だけの婚約者だと知れ渡ると、皆が手のひらを返して彼女を見下すようになっていった。

気をよくしたアルベルトは堂々とクロエに会い、関係を見せびらかすようになった。

――やはり俺とクロエは運命によって決まっていたのだ。

クロエと行動をともにするのが日常となった時、アルベルトは次の一手を打つことにした。

「今度王家のパーティーがある。そこで私の色のドレスを着てくれないか？」

何度目かの逢瀬の日。アルベルトの言葉に、クロエは動けないでいた。

それが本当に現実で起こっていることなのかと、信じられなかったからだ。

まさか自分がアルベルトの色をまとうことを許される日が、こんなに早く来るとは夢にも思っていなかった。

クロエにとってアルベルトとの付き合いは、幸せ一色とは言えないものだった。

シェルニアという国一番の淑女を婚約者とするアルベルト。

そんな雲の上ともいうべきアルベルトに想いを告げられた時は舞い上がったし、これからを想像してふわふわとした幸せに包まれた。

カードを受け取るたびにアルベルトに会える日を待ち望んだが、実際に会えた瞬間、クロエは現実を突きつけられた。

アルベルトとの関係は誰にも知られてはいけない関係であるということを。

アルベルトと出かける時は、大抵人のいない場所に連れていかれた。

薔薇《ばら》の咲く庭園に、静かな湖、幼いアルベルトが遊んだというブランコのある温室。

どこも美しく、アルベルトの気持ちが伝わってきたが、忍ぶ必要のある関係だと突きつけられるようでもあった。

それでもクロエは、アルベルトに愛されているという自信があった。シェルニアに対して申し訳ない気持ちを抱きながらも、自分は彼女に勝ったのだと、喜びすら感じていた。

だからこそ、アルベルトがシェルニアとの婚約解消を選ぼうとしないことが不満だった。

アルベルトの気を損ねない程度にわがままを言い、わざと人目につく場所を選んでアルベルトと会うようになった。

そうしてふたりのことはいつしか噂となり、パーティー会場でアルベルトとの仲を遠回しに探られたこともある。

シェルニアと話をすることはあったが、シェルニアはクロエとアルベルトとのことには触れずに当たり障りのない会話をするばかり。

それだけでくちさがない令嬢は黙るものだから、クロエはいつか、アルベルトと堂々と付き合えた暁《あかつき》には彼女たちと縁を結んでやるものかと誓った。

そんないつかが、こんなにも急に訪れるなんて。

アルベルトの瞳は真剣で、冗談を言っているのでもふざけているのでもない様子だった。

アルベルトの榛色《はしばみいろ》に近い金の瞳は、クロエを優しく見つめている。ともすれば、その瞳に業火がともっているようにも見えて、彼の、アルベルトの真意がわからずにクロエは口ごもった。

「シェルニアには悪いが、俺にはクロエだけだ」

アルベルトの目が、表情が、彼の本気を語っていた。

――私はこの人に求められている。

――どうして迷うことがあるの？

クロエはごくり、と緊張をのみ込んでから口を開いた。開いた口からまた緊張がこぼれ落ちそうになる。

ここでなにか間違えてしまえば、ふたりとも奈落の底に叩き落とされるだろう。それでも橋を渡りきった先にあるはずの、明るい未来を捨てきれなかった。

「でも……突然そんなことをしてしまっては問題が起こりませんか？」

クロエはアルベルトを覗き込むように見上げた。

その瞳は言葉とは裏腹に欲を孕《はら》み、アルベルトへの期待が宿っていた。

「シェルニアに説明して、婚約を解消しようと思う。お互いに気持ちがなかったんだ、彼女もわかってくれる」

まるで自分に言い聞かせるように告げたアルベルトは、クロエの視線から逃れるようにそっと距離をとる。

アルベルトは不安そうにしながら、クロエの反応を待っていた。

「シェルニア様は許してくださるかしら」

「大丈夫、彼女は俺にはなにも言わない」

アルベルトはそう言ったが、クロエにはそうは見えなかった。

ずっとアルベルトを見ていたから、よくわかる。

クロエから見たシェルニアは、ずっとアルベルトただひとりを見ていた。

アルベルトに愛を求めようとしないのは、アルベルトからの愛が自分に向くことはないと知っているから。

アルベルトになにも言わないのは、彼にこれ以上嫌われたくないと願っているから。

アルベルトとの時間を作らないのは、彼の婚約者という唯一許された場所を守るために、たくさん努力をしているから。

クロエから見たシェルニアは、アルベルトに懸想《けそう》するひとりの女の子だった。

シェルニアはクロエにとって恋のライバルでもあり、アルベルトを慕う友でもあった。

そんな彼女がクロエに対してなにもせず、にこやか微笑んでいるのは、婚約者という立場からあったからだとクロエは思っていた。

その唯一の綱を、ほかでもないアルベルトの口から手放すように諭《さと》されることになるシェルニアが、大人しく婚約解消を受け入れるとはクロエには思えなかった。

もしも自分がシェルニアの立場であったなら、と考えただけでも心臓が破裂してしまいそうだ。

相手のためにと密かに育てていた花を、まだ蕾《つぼみ》のまま根っこごとその相手に引き抜かれて捨てられる、そんな恐怖にシェルニアは耐えられるのかと想像し、首を振った。

——私なら耐えられないわ。

いっそのこと斬り捨てられるほうがましな気さえする。

「クロエ？」

強く握りしめた手をとられ、クロエは深い思考の海から顔を出した。

アルベルトは固まって動かない彼女の指を丁寧に開かせると、まだ震えている手をそっと自分のものと重ね合わせた。

「不安にさせたならすまない。待っていてくれるか？」

アルベルトの瞳が揺らぐ。

彼もまた、クロエに嫌われることに怯《おび》えている。

——アルベルト様は、こんなにも私を想ってくれている。

シェルニアに悪いと思いつつも、クロエもまた必死だった。

だから、アルベルトの手を振り解けなかった。

この先にどんな未来が訪れるのかわかっていながら、今を選択した。

「待ちます。アルベルト様と幸せのためですもの」

——ごめんなさいシェルニア様。

——私もアルベルト様が好きなの。

——貴方よりもずっと、アルベルト様を愛してしまったの。


クロエとのデートを終えて、アルベルトはシェルニアに伝言を走らせた。

アルベルトからシェルニアになにかを送るのは久しぶりだった。

不安がっていたクロエを早く安心させてやりたくて、気が急《せ》いた。

ペン先が歪《ゆが》みそうになりつつ、大事な話をしたいから会ってほしいと手紙に書き込んだ。

話の内容までは、誰に見られるかわからないので書かなかった。

会って話がしたいという一方的な伝言に、シェルニアは文句ひとつ言わずに了承した。

日時はアルベルトに合わせると簡素に締めくくられた返事は、いつも通りお手本のような筆跡だった。

急いで予定を確認して、話し合う日時を決めた。

三日後の昼に王宮を尋ねる用があるというので、シェルニアにはその帰りにアルベルトの執務室へ寄ってもらうことになった。

——最後まで、シェルニアとは私用で会うことはないのだな。

それが最後だと自分で決めておきながら、アルベルトは感傷にひたった。

シェルニアとの約十年の月日は、クロエと出会ってからの半年に比べるとずっと思い出が少ないことに気がついた。

そういえばシェルニアの字を見たのも久しぶりな気がしてアルベルトはその手紙をそっと机にしまった。

公務に追われている間に、あっというまにシェルニアと会う日になっていた。

シェルニアが現れるまでに済ませておこうと、アルベルトはいつもよりも速くペンを動かして、施工の調整や鉱山の開拓計画に細かな指示をつけていく。

昼の時間が過ぎた十四時頃、メイドの後に続いてシェルニアがやってきた。

現れた彼女の姿に、アルベルトは目を奪われた。

彼女は珍しく髪を結い上げ、首元の詰まった紺色の布地にビジューが散りばめられたドレスを着ている。普段の彼女はいつも髪を下ろして質素なドレスを好んで着ていた。それをアルベルトは美しいとは思うものの、それだけだった。

それなのに今日は、今まで見たことがないほど着飾っているように見えた。

「お忙しかったでしょうか？」

机に広げられた書類を見て、シェルニアはアルベルトを気遣う言葉を口にした。

首をかしげた拍子に揺れる、雫《しずく》の形のイヤリング。

――耳飾りをつけるんだな。

「ああ、いや。急ぎのものは終わっている」

ペンを握りしめたままだったことに気づき、アルベルトはペンを書類とともに片づけて、シェルニアにソファーを勧めた。

「いきなり呼びつけてすまない」

「いいえ。お話とはなんでしょう」

アルベルトは、目の前に座る見慣れないシェルニアを直視できないまま続けた。

美しいシェルニアを見ることができなかった。

だからシェルニアがこの場所に着飾って現れた意味にも、彼女が泣きそうな表情でアルベルトを見ていることにも気づけなかった。

ただ、知っているはずのシェルニアがなぜか遠く感じて、アルベルトは違和感を抱きながらも口火を切った。

「婚約を解消したい」

人払いを済ませた室内に、重い沈黙が続く。

──紅茶を用意してもらうべきだったか。

手持ち無沙汰になることを想定しておらず、そんな現実逃避に近いことを考える。

自分が言い出したものの先を続けられないでいるアルベルトは、この後を言ってしまうことでシェルニアになにを言われるのかが恐ろしかった。

せわしなく体を揺すったり、両手を組んだりしながらシェルニアからの反応を待っていた。

「わかりました」

静かな声が、アルベルトの耳に届いた。なんの感情も読み取れない声だった。

アルベルトが弾かれたように視線を向けると、いつも以上に着飾ったシェルニアは、背筋を伸ばしたまま口元に笑みを浮かべて座っていた。

まるで天気の話でもしているのかと錯覚してしまいそうなほど、いつも通りのシェルニアがいた。

「今なんと?」

自分が望んだ返事をもらっておきながら、アルベルトはシェルニアの言葉を疑った。

都合のいい夢を見ているのではないかと、信じられない気持ちだった。

「婚約を解消いたしましょう、と申し上げました」

シェルニアは困ったように一瞬眉をひそめたが、すぐにその表情もかき消えてしまった。

恨みつらみの言葉を覚悟していたアルベルトは拍子抜けして、ソファーに深くもたれかけて天井に顔を向けた。

自分で思っていた以上に緊張していたのだと気づいた時には、体に力が入らなかった。

「俺は今、自分で言うのもなんだが、最低なことを言っている。シェルニアは本当にいいのか？」

体勢を立て直せないまま、片手で顔を覆ったアルベルトは、開いた片目でシェルニアを見やった。

一国の王子がする態度ではないことは理解しながらも、取り繕う余裕はなかった。

そんなアルベルトの姿を、シェルニアは諦めた表情で見つめていた。

「アルベルト様がクロエ様に懸想《けそう》されているのは存じておりました。いずれおふたりが本当に想い合うのなら、この日が来ることも想定していました」

シェルニアはアルベルトの驚いた顔を見て、ぎこちない笑みを浮かべた。

それは久しぶりに見る、彼女の偽りのない表情に見えた。

「そこまで知っていてなぜ……」

「そこまで知っているからこそです。私はこの約十年間、アルベルト様のよき婚約者であろうとしていましたが、お心までは望みませんでした」

シェルニアは一度言葉を切ってから、深い息を吐いた。

「アルベルト様は初めて、自らの幸せのためにご決断をされました。そのお手伝いができるなら、私はそれでいいのです」

シェルニアの言葉にアルベルトは言葉を発することができないでいた。

なら、シェルニアはどうするのだろうか。

王子の婚約者という立場から降りたとなれば、今後良縁が望めるとも思えない。

「しかし……」

「なにも問題ありませんわ。私は、すぐにアルベルト様よりも素敵な方と結婚してみせます。その時はどうか悔しがってくださいね」

重い空気を一掃するような明るい声で、シェルニアは笑ってみせた。

キラキラと、ビジューがシェルニアの動きに合わせて光る。

「ありがとうシェルニア。十年前に君と婚約できてよかった。オズワルド侯爵にはこちらから連絡をする。慰謝料についても話し合いをしたい」

「父には私からも伝えます。慰謝料は受け取れません。私もアルベルト様に誠実とは言えなかったのですから」

シェルニアはそう言って立ち上がった。

「もう行くのか？」

「すぐに父に話さないと。今日を逃したらひと月は外に出てしまうのです」

引き止めようとするアルベルトに早口で答えたシェルニアは、振り返ることなく執務室を後にした。

アルベルトの執務室から出たシェルニアは、足早に馬車乗り場へ向かった。

見慣れた御者が扉を開いてくれた馬車に乗った瞬間、シェルニアの瞳から涙が溢れ出した。

拭《ぬぐ》えども、拭《ぬぐ》えども、溢れてくる涙は今まで我慢した分、とめどなくシェルニアの頬《ほお》を濡らした。

瞬きをするたびに、目の端から雫《しずく》が落ちてドレスを濡らす。

御者には泣き声が聞こえていたかもしれないが、彼は黙って馬を動かし、ゆっくりと帰路を進んだ。

馬車の音にかき消され、シェルニアの泣き声は夕闇に消えていく。

――アルベルトが好きだった。

誰にも、それこそアルベルト本人にも気がつかれないくらいの初恋は、アルベルトによって踏みつけられ、ぺちゃんこに潰れてしまった。若い芽たちが、ぐちゃぐちゃに土とまじり合ってシェルニアの心を汚し、見るも無惨《むざん》な姿にかたちを変えていた。

シェルニアの泣き声に嗚咽《おえつ》がまざって、咳が出た。

鼻の先がツンとして、その刺激にまた涙が落ちる。

はらはらと流れ続ける涙の止め方を、シェルニアは知らなかった。

はじめはただの興味だった。

シェルニアもまた、お姫様になることを夢見るひとりの女の子だった。

それがいつの頃からかわからないほどに、アルベルト自身に惹かれてしまっていた。

キラキラと光を浴びながら、シェルニアに悪戯《いたずら》を提案する底抜けに明るい笑顔に。つまらなそうな顔をしていたパーティーで、シェルニアを見つけた瞬間輝く瞳に。嫌っていてもなお、必要な時はさりげなく寄り添って、シェルニアを助けてくれる背中に。

アルベルトとともに過ごすたび、彼に恋をしていた。

時が経つごとに止められない気持ちがシェルニアを蝕《むしば》んで、ますます殻《から》に閉じこもった。

求めてはいけないのだと、シェルニアは自分を戒《いまし》めた。

婚約者の立場を占領しておきながら、アルベルトの心までを願うほどに汚い自分になりたくなかった。

すべて、シェルニアのわがままで陳腐《ちんぷ》なプライドが招いた結果だった。

こんなことになるのなら、最後に縋《すが》ってみればよかった。

婚約解消などしたくないと脇目を振らずに泣き叫べばよかった。

愛してほしいと、少しでも心を傾けてほしいと願ってみればよかった。

アルベルトを慕っていると、大好きだと、ただ言葉にすればよかった。

流れ出る涙は後悔ばかりで、紺色のドレスはすっかり涙に濡れて色を変えていた。

最後になるのならと着飾ったシェルニアに、アルベルトはなにも言ってはくれなかった。

ずっと大切にしまったままだったイヤリングを外す。

壊してしまうことを恐れて、贈られてから一度もつけることがなかった石英のイヤリングは、アルベルトから初めて贈られたプレゼントだ。

これが、シェルニアとアルベルトの十年間の答えだった。

シェルニアとの話を終えたアルベルトは、クロエに走り書きのカードを送った。

まだ本格的に決まったわけではないにもかかわらず、シェルニアとの話し合いが終わっただけでクロエとの未来が決まったような気持ちだった。

これでようやく結ばれることができると、アルベルトはひとりほそく笑んだ。

次に行われる王家主催のパーティーは二カ月後だ。

それまでにシェルニアとの婚約をなかったことにして、クロエを自分の婚約者として披露《ひろう》する。

王と王妃にどう説明しようか悩んだが、パーティーまで黙っていることにした。

王が幼いシェルニアの聡明さと美しさに惚れ込み、侯爵に無理を言ってアルベルトとの婚約を決めたという話は、耳にタコができそうなほど聞いたことだった。

王妃のほうも、シェルニアのことをいたく気に入っていた。

お茶会を開くたびにシェルニアを呼び、自分との仲をほかの貴族に見せつけていたし、自分を母と呼ばせようとしていたくらい、シェルニアを可愛がっていた。

今、ふたりに知られてしまっては、シェルニアを気に入っていたふたりに計画を邪魔される恐れがある。

王の命で結婚まで無理やり押し進められてしまうわけにはいかないのだ。

シェルニアとの結婚をいくら想像しても、幸せを感じることはできない。

けれどシェルニアは王妃になりたいものだとばかり思っていたアルベルトにとって、シェルニアの態度は違和感ばかりだった。

あんなに王妃教育ばかりを受けていたのはなんだったのか。

アルベルトとの時間も作らないほど王妃になりたがっていたのは、なんだったのか。

疑問は尽きることはなかったが、婚約解消についてシェルニアの同意は得たのだ。

その喜びに包まれて、いつしか疑問は消えてしまった。

アルベルトにとって、シェルニアは最後まで気高く、なにを考えているかわからない女だった。

クロエなら、顔を見ただけで彼女がなにを考えているのかすぐにわかる。彼女はほかの貴族にはない素直さと純粋無垢《じゅんすいむく》な心でいつもアルベルトを癒《いや》してくれる。

クロエに会いたいというアルベルトの気持ちはますます高まった。

パーティーで着る、クロエとそろいの服を仕立てなければならないし、男爵家の生まれであるクロエとの婚約をどう進めるかも考えなくてはならない。

まずは婚約解消の話をシェルニアの父、フラドと話をつけなくては。

今ある中で一番上等の便箋《びんせん》を探しあてたアルベルトは、フラドに手紙を書きはじめた。


アルベルトからの知らせを受け取って、クロエは喜びに打ち震えた。

本当にシェルニアと婚約解消の話をしてくれていたと知り、その対応の速さにとても驚いていた。

シェルニアとの解消に向けた話し合いもすぐに決着がつきそうだと、喜びを隠さずに書かれていた。

その偽りのない手紙に、クロエはアルベルトの誠実さを感じた。

――やっぱりアルベルト様はステキな方だわ。

クロエは胸いっぱいになりながら、アルベルトを思った。

先日会ったばかりだというのに、もう会いたくてたまらなかった。

シェルニアが大人しく婚約解消に応じたことにも、クロエは驚いていた。

あんなにアルベルトを慕っていたのに、なにも言わずに引き下がるなんて。

クロエは信じられない思いでいっぱいだった。

それでも、今さらシェルニアのことをアルベルトに伝える気にはなれない。

卑怯《ひきょう》とは思ったものの、アルベルトが選んだのはクロエで、シェルニアは選ばれなかった。

長い年月をともに過ごしたシェルニアよりも、クロエを選んでくれた。

それだけでクロエは嬉しかった。

多少の気まずさも、すぐにクロエはどこかへやってしまった。

男爵家の生まれでありながら王族に属することが叶うとは思ってもみなかったクロエは、心のまま返事を送った。

アルベルトとの婚約が叶えば、クロエはもう男爵令嬢だからと馬鹿にされることもなければ、贅《ぜい》沢《たく》三昧《ざんまい》も夢ではない。

クロエの頭の中はすでに王妃として過ごす未来で頭がいっぱいだった。

アルベルトを支えて、お城で幸せに生きていく。

夢に見た物語が手の届く範囲にまで迫っているのだ。

次のデートではそろいのドレスを仕立てることになるかもしれない。

アルベルトはシェルニアとの話し合いの前に約束してくれたことがあった。

もしも、婚約解消が王家のパーティーに間に合うのなら、アルベルトの瞳と同じ色のドレスを贈ってくれると。

まだ正式には発表されていないだけで、当人たちの間では話がついている。

つまりクロエがアルベルトと王家のパーティーに出ることは、確定したも同然だった。

憧れの人とおそろいで仕立てられたドレスを着ることが叶うとなって、クロエは誰かに言いふらしたくなった。

クッションに顔を埋めて、ひとり優越感にひたる。

――私は王妃になるの。

――政略結婚ではなく、大恋愛の末に結ばれる物語のヒロインよ！

ベッドに倒れ込み、クロエは何度も喜びを噛みしめた。

クロエが待ち望んだアルベルトとのドレス選びの日は、思った以上に早くやってきた。

アルベルトは忙しい合間にクロエとの時間を作り、王家御用達《ごようたし》の仕立て屋に都合をつけてくれていた。

迎えの馬車はお忍び用であったが、アルベルトにエスコートされて仕立て屋に入ると、クロエは王子の特別な人として扱いを受けた。事情を察したらしい店主が針子たちに一言告げて出ていくと、あっというまに針子たちに囲まれる。

アルベルトの婚約者と言ったわけでもないのに、アルベルトの瞳の色であるヘーゼルカラーの布やレースが次々と広げられ、クロエにあてがわれた。

──まるでお姫様だわ……！

従業員に採寸をされる楽しそうなクロエの様子を、アルベルトはそばに置かれた椅子に座って満足そうに見ていた。

時折、手元に光るクロエの瞳と同じ色のカフスを眺《なが》めて笑みを深める。今日、クロエからささやかなプレゼントとしてアルベルトに贈られたそれは、薄い水色のアパタイト石でできていて、光の入り方でクロエの瞳によく似た色合いに変わる。

蔦《つた》を模した銀の装飾は、普段から銀を好むアルベルトによく似合っていた。

「アルベルト様、どのデザインがいいと思いますか？」

くるくるとよく変化する表情で針子たちと話し合いをしていたクロエが、アルベルトに意見を求める。

伸びやかな声に惹かれて席を立ち、クロエが見つめる図案を覗き込む。

専門的なことはわからないながら、肩が出たデザインを選ぶと針子たちは湧き立った。

「さすが、クロエ様のことをよくご存知ですわ」

「クロエ様は特に首筋から肩のラインが美しいですもの」

褒《ほ》められたクロエは恥ずかしそうに、アルベルトは照れたように笑い合う。

長い時間をかけた話し合いの結果、クロエが着るのは肩出しのAラインドレスに決まり、同じ刺繍《ししゅう》の入ったタキシードとそろえて仕立てることになった。

銀糸のレースを選んだのはクロエだった。

アルベルトに贈ったカフスのデザインによく似たレースは、見た時からアルベルトも気に入り、選んだ布地にもよく合った。

クロエとアルベルトはその場で装飾品や靴なども見繕い、今度のパーティーを心待ちにした。

そんな盛り上がった日から一カ月後、アルベルトはシェルニアからの手紙を受け取った。

開いたのは手紙を受け取って三日後。朝早くから遣いが来て、シェルニアが記憶喪失となった、と知らされた時だった。

王家のパーティーまであと三週間を切った矢先のことだった。

そこに書かれていたシェルニアの言葉を、想いを、アルベルトは信じられない思いで読んだ。

手紙を読んでからしばらく、アルベルトは動けないでいた。

あれで俺を慕っていたというのか？

アルベルトは戸惑いながら、記憶の中のシェルニアを思い浮かべてみる。だが、彼女は読めない笑顔で笑うだけだった。

幼い頃からアルベルトを慕っていたと言われても、シェルニアは誰に対しても同じ態度でアルベルトに接していた記憶しか思い当たらない。

はじめの頃こそ遊びに誘えばついてきてくれたが、それも年を重ねるごとに断られるようになり、最後には誘うこともなくなった。

親しく話すことなどあるはずがなく、公的な場では仲が良さそうな振りをするだけ。

それがアルベルトとシェルニアだったはずだった。

短い手紙に書かれていたような甘酸っぱいものなど、なにひとつなかったはずだ。

アルベルトはいつからなのか、覚えがない時から、シェルニアを嫌っていた。

自分の厚意を無下《むげ》にする可愛げのない女だと、婚約者を差し置いて周囲に褒《ほ》められる図々しい女だと、常に完璧に振る舞い、自分を必要とする素振りすら見せない嫌な女だと。

その姿の裏にはすべて、アルベルトに嫌われまいとしていたシェルニアの隠された本心があったのだと言われるまで、なにひとつ気づくことができなかった。

彼女の真意を知った今でさえも混乱して、手紙の内容が信じられないでいた。

思えばシェルニアは、アルベルトがなにをしても怒ることはなかった。

初めて会った時から、シェルニアはアルベルトのすることや言うことにいつも笑みを浮かべてうなずいていた。

大きくなってからは、感情を読み取れない笑みでアルベルトに応えていた。

クロエと出会った時もそうだった。

ワインをかけられたシェルニアは、クロエを優先するアルベルトに文句ひとつ言わなかった。

婚約者を差し置いて、ほかの女性を相手にするなど非難されるべきことのはずだと、冷静になって考えればよくわかる。

だが、シェルニアはその場でも、その後も、アルベルトを非難することはなかった。

むしろあの時は、クロエをフォローするような言葉を残して控室に下がっていった。

あの場では、アルベルトへの皮肉なのかと疑ったが、今ならわかる気がした。

シェルニアは純粋にクロエを心配していたというのか。

今までのあれは、アルベルトを愛するがゆえのことだったのか？

アルベルトは混乱する頭で考察する。

自分が知るシェルニアは、一体なんだったのか。

考えたところでアルベルトには答えを見出すことができなかった。

それでも今さらシェルニアの気持ちを知ったところで、クロエへの愛は変わらない。

もうアルベルトの心はクロエに向かってしまっている。

今さらこんな紙切れ一枚でアルベルトの気を引こうとしているのか。と、アルベルトはシェルニアの用意のよさに疑いをかけることにした。

あんなに早く片がついた婚約解消のことも、結局シェルニアの父フラドの都合がつかずにそのまま宙に浮いた状態になっている。

最初こそシェルニアのものわかりのよさに驚いていたものの、長引く話にアルベルトも不信感を抱きはじめていた。

やはり、王妃になりたかったのではないか？

今さら婚約解消はなかったことにして結婚しようとしているのではないか？

疑惑は尽きることなく、アルベルトのシェルニアへの好感度はまた地に落ちた。

どうせ嘘をついているのだろうと、アルベルトは決めつけることにした。

王室付きの密偵を呼び寄せシェルニアについて調べるよう伝えると、アルベルトはシェルニアの手紙を引き出しの奥へしまい込んだ。

密偵は、すぐにシェルニアの情報をアルベルトに持って帰ってきた。


「殿下、シェルニア嬢についてのご報告です」

硬い表情の密偵に、アルベルトは手にしていた書類から手を離し、居住まいを正した。

「シェルニア様は、本当にすべての記憶を失くしておいでのようです」

王室付きの密偵は、そこからゆっくりと言葉を続けた。

アルベルトと婚約解消の話をしたその日、シェルニアは一刻も早く婚約を解消してほしいと父親に申し出た。

父フラドのほうは急な話に驚き、まずはアルベルトの周辺を調べさせることにして婚約解消を先延ばしにすることにした。

そんな父親の動向を知らないシェルニアは、話をした日から塞《ふさ》ぎ込み、食事もろくにとらなくなってしまった。

懇願《こんがん》する侍女が差し出したフルーツ皿から、時折一粒のイチゴを口にする以外、ほとんどなにもせずに過ごし、ベッドから出られなくなるほどに弱っていった。

そんなシェルニアに父親であるフラドは、忙しい合間を縫《ぬ》って根気強く話を聞き出したという。

死と生の間にいるシェルニアを取り戻すために、フラドは藁《わら》にもすがる気持ちで娘を助けてくれる人を探し、ひとりの魔女に行きついた。

彼女はかつて人魚を人間に変えたこともある魔女なのだと自己紹介をしてから、シェルニアを助けるための提案をフラドに与えた。

令嬢としての人生を断たれる代わりに、記憶を失くして別の人生を歩む術ならあると。

フラドはすぐにシェルニアへその言葉を伝えた。

もうすっかりもの言わぬ人形となっていたシェルニアは、父の必死の説得もあってひとつの条件を交わした後、魔女の提案にのることに決めた。

魔女はフラドから知らせを受けると瞬く間にシェルニアの部屋に現れて、美しく長い髪と、エメラルドに似た宝石のように輝く瞳から光を奪い取った。

シェルニアは二日間死んだように眠り、目を覚ました時には、なにもかもを忘れていた。

父のことも、長く仕える使用人のことも、婚約者であるアルベルトのことすらも覚えていなかった。

自分が貴族として生きていたことも忘れたシェルニアは、表情を取り繕うこともなく自分が立たされている境遇に驚いた。

記憶を失う前のシェルニアとの約束通り、フラドはシェルニアを貴族籍から消し、シェルニアが体力を取り戻してから、遠い親戚のいる修道院へ送った。

その後については、もう貴族でもなんでもないただの娘を刺激しないでほしいとのフラドの願いを王が聞き入れたため、調査は打ち切りになったという。

王室付きの密偵は報告を終えると、アルベルトの言葉を待った。

「そうか」

アルベルトは静かにうなずいて、密偵の任を解いた。

せめてもの慈悲に、手紙に書かれたシェルニアの願いを叶えてやろうとアルベルトは考えていた。

アルベルトがシェルニアから手紙を受け取って、彼女の行方が知れなくなった後、アルベルトは、フラドから正式にシェルニアとの婚約を解消する話し合いの場を設けることとなった。

大切な娘を死に際に追いやったアルベルトに対しフラドは怒りをあらわにしているかと思いきや、話は事務的に淡々と進み、アルベルトとシェルニアの婚約は正式に解消されることとなった。

王と王妃にはアルベルトから話すこととなり、フラドはアルベルトからの慰謝料を受け取ることをよしとしなかった。

「娘は貴方にそんなことを願ってはいない」

その言葉は、どんな言葉よりもアルベルトを突き放す力を秘めていた。

オズワルド侯爵家と王子アルベルトとの仲が決裂したという事実は、アルベルト王子の派閥にいる貴族たちを動揺させた。

国王ギルベルトの信頼する側近であるオズワルド侯爵フラドは、アルベルト派筆頭だった。そのフラドがアルベルトを王太子に押せないと示すことは、アルベルトの盤石だった王への道に大きなヒビを入れることとなった。

王家主催のパーティーの日まで、王と王妃に婚約者の話は秘密にしておこうとしたアルベルトだったが、シェルニアが記憶を失くしたことで話があると呼び出された。

息子に聞くまでもなく事情を把握していた王と王妃は、アルベルトが断りもなしにクロエを連れて現れたのを見て、落胆したように肩を落とした。

しかしアルベルトは、両親がそんなにも残念そうにする理由を、彼らがクロエのよさを知らないからだと結論づけ、クロエの素晴らしさを知らしめようとした。

「クロエはシェルニアと違いとても明るく素直な性格です。母上もおっしゃっていたでしょう? 女は愛嬌《あいきょう》だと」

「それはあくまで魅力的な令嬢として、という話に過ぎません……王妃となるなら愛嬌《あいきょう》だけでどうにかなるものではないと、私は貴方に伝えたはずです」

王妃の言葉にアルベルトは口を噤《つぐ》んだ。

そんなことを聞いた覚えはなかったが、王妃の目は真剣そのものだった。

「シェルニア嬢の初めての願いとあって、私たちはお前たちの行動になにも言わず、知らぬふりを続けていた」

王はなんの感情も見せず、静かに口を開いた。

「それがシェルニア嬢の、令嬢としての生命を絶つことになるとは思いもしなかった」

その言葉に、王妃は悲痛な表情で王に寄り添った。

幼い頃からシェルニアを知っているふたりにとって、彼女は娘のように可愛い存在だった。

シェルニアが望むのならとアルベルトの行動を黙認していたふたりが、我が子の育て方を間違えていたと気がついた時には、もうすべてが戻せないところにまで進んでいた。

「クロエ嬢との婚約を望むのなら、お前たちにはいくつか試練を課す必要がある」

アルベルトとクロエは顔を見合わせると、同時にうなずいた。

すべて覚悟のうえでここまで恋を育んできたのだ。どんな試練が待ち受けていても、乗り越える自信があった。

「ひとつ目は、クロエ嬢に王妃教育を受けてもらう。王家の人間となるのであれば、それなりの教養が必要なのはわかっているだろう？　本来なら時間をかけて行うものだが、最低限の教育が終わり次第、婚約を許可することにする」

王妃教育と聞いてアルベルトは顔をしかめたが、クロエは逆に喜びをあらわにした。

「わかりました！　アルベルト様との仲を認めていただけるのであれば、今日からでも教育を受ける心づもりはできております」

「鉄は熱いうちに打てと言いますからね。私が手配致しましょう」

王妃は扇子《せんす》を広げると、呼び寄せた女官と細かなやりとりをはじめた。

どんな無理難題を言われるかと緊張していたクロエは、教育ならなんとかなるわ、と胸を張ってアルベルトを仰《あお》ぎ見た。

「クロエ……」

「大丈夫ですアルベルト様！　私、頑張ります！」

いきなり背を高くしろだとか、顔の造形を美しくしろといったことを言われればどうしようもないが、教育ならばシェルニアに並ぶまでには及ばなくても、努力次第で達成できるという明確な基準がある。

男爵家とはいえ、貴族令嬢としての教育は受けてきたクロエにとって一から学ぶわけでもない。

必要最低限のマナーや知識はすでに身についているはずだ。

王妃教育といっても、きっと貴族の名前と顔を覚えることや、より美しいテーブルマナーを学ぶくらいだろうとクロエはあたりをつけていた。

目標が目に見えるのであれば、それに向かって努力をすればいいだけの話だ。アルベルトと会えない時間も、頑張れば頑張るほど短くなる。

そんな楽観的なことを考え、クロエはのんきに笑顔を浮かべた。

王たちの言葉は、現状のクロエではアルベルトの隣に立つ資格がないと言ったも同然のものだ。にもかかわらず、クロエは喜んでいる。

そんな彼女に対してアルベルトはなにか言いたい気持ちはあったが、無邪気にはしゃぐ彼女を見て、結局胸にしまうことにした。

「やっぱり私にはクロエしかいないな」

噛みしめるように呟くと、アルベルトはクロエの手をそっと握った。

シェルニアはひとりで王妃教育を乗り越えたが、クロエにアルベルトがついている。ひとりではないというだけで、きっと試練を乗り越えることができるとふたりは確信していた。

王妃が女官と話を終えると、王妃はクロエに告げた。

「王妃教育は明後日から王宮内で行うこととします。明日の夜までに王宮に移り住むこと。ドレスや生活で必要なものは、貴方の部屋を整えるとともに用意させます。クロエ嬢はこの話し合いの後で私物をとりに帰りなさい。ご両親には私から知らせます」

クロエは感極まって答えた。

「王妃様のお心遣い、恐れ入ります。私、頑張ります！」

意気込むクロエを、アルベルトは眩《まぶ》しいものを見る目で見つめていた。

素直な言葉はアルベルトの心を癒《いや》してくれる。

シェルニアには感じることのなかったその気持ちを抱きながら、クロエならばきっと王妃教育を乗り越えられるだろうという期待をこめて、アルベルトは王と王妃に挑むような視線を向けた。

「では次の条件を告げる」

王の言葉に、アルベルトは無言でうなずいた。次に言われる言葉がどんなものであっても、乗り越えてみせるつもりだった。

「ふたつ目は、アルベルトにはユソルロへ赴《おもむ》き、辺境伯の補佐をしてもらう。お前たちは目立ちすぎた。一部の貴族からはアルベルトの王位継承権を疑問視する声まで上がっている。事を収めるには、王族にふさわしい働きを見せる必要があるだろう」

突きつけられた条件に、アルベルトは内心舌打ちした。

貴族たちが大人しいのはクロエとの関係を暗に認めているからだとばかり思っていたアルベルトにとって、この話は耳に痛いものであった。

男爵家のクロエを婚約者にするのは難しい。だからこそ国民が認めるほどの仲の良さを見せつけることで批判を抑えようとしていたのだが、それが裏目に出てしまった。

王族としてふさわしい働きをというのであれば、王都にいたままでもいいはずだ。それがわざわざユソルロのような辺境へ行けというのは、この騒動のほとぼりが冷めるまで身を隠せという意図もあるのだろう。

そんな王の考えを察し、アルベルトはふたつ目の条件をしぶしぶ受け入れることにした。

うまく辺境伯を使えばアルベルトを支持する貴族を今以上に増やせるかもしれない。そんな下心もあった。

「わかりました。必ずや辺境伯のもとで功績をあげてみせます」

アルベルトが承諾すると、王は深くうなずいた。

「隣国との国境を守るユソルロは、我が国の守りの要だ。今の辺境伯は、私の弟の息子ストヴァルが務めている。まだ年若いが、体の弱い父親に代わって辺境伯を継いだ。彼のおかげで隣国ジギとの関係もだいぶ落ち着いては来たが、内側のことはまだ手が回っていないのだ」

つまり、外交に手いっぱいで人手不足の辺境に赴《おもむ》き、内政をとりしきるということかと、アルベルトはあたりをつけた。

それはアルベルトにとって得意と言える分野だった。

剣をふるって隣国と戦うよりも、筆と人を使うことのほうがアルベルトには向いていた。

王都から遠いユソルロのことはほとんど噂でしか知らないが、血縁関係で言えば当代の辺境伯はアルベルトの従兄弟《いとこ》にあたる。彼を味方につけられれば心強い。

一日でも早く王都へ戻ってクロエとの未来を手にするためには、今我慢することくらい大した苦でもないとアルベルトは考えていた。

「お任せください」

アルベルトが自信満々に答えてみせると、心配そうにこちらをうかがっていたクロエが笑みを浮かべた。

繋いだままの手に力をこめると、同じだけの力でクロエも握り返してくれる。

シェルニアとは違い、彼女は自分に寄り添ってくれる。

逆境に立たされている今だからこそ、アルベルトは確信していた。

誰がなんと言おうと、自分にはクロエしかいないと。

「あちらは一年ほどの任期を希望しているらしいが、どうだ？」

「どこまでできるかは現地を見てみないとなんとも言えませんが、全力で取り組みます」

胸を張って答えたアルベルトに王は一度うなずくと、文官を呼び寄せる。

最後の条件をふたりに伝えようとしていた。

「三つ目は、このふたつの条件を明文化し、契約を結ぶことだ。強い絆で結ばれているのなら、約束を破ることなどないだろうが、王族の行動には契約がつきものだ。お前たちが国を治める立場になった時のための練習と思って気楽に聞いてくれ」

アルベルトとクロエがうなずくと、文官は持ってきた紙に書かれた内容を頭から順に読み上げた。

「ひとつ、クロエ嬢は王宮に住み込みで王妃教育を受けることとする。ひとつ、教育の采配は王妃が執り行い、責任は王妃にあるものとする。ひとつ、王妃教育についてはこれまでと同様の内容であることを別紙にて証明する」

そこで文官は一度言葉を切り、その場にいる全員の顔を見た。

王座に座る王と王妃はリラックスした表情のまま、文官を一瞥《いちべつ》しただけだった。

クロエはやる気に満ちた様子で、聞いた内容を繰り返しているのか、口元をもごもごと動かしている。

アルベルトは王妃に似た顔に穏やかな笑み浮かべ、そんなクロエを見つめた。

続けても問題がなさそうだと判断した文官は息を大きく吸い、口を開いた。

「ひとつ、第一王子アルベルトは辺境ユソルロへ赴《おもむ》き、その任が解かれるまで王都に戻ることはできないものとする。ひとつ、任は一年とするが、先方の希望で変更があった場合はそちらを優先する。上記の条件がすべて完了したと判断される時、第一王子アルベルトとクロエの婚約を認めることとする」

文官は最後まで読みきると、今しがた読み上げた契約の内容が書かれた紙と別紙の二枚をアルベルトに差し出した。

「すべてに目を通し、ふたりのサインをしてくれ。ここでは難しいだろうから、アルベルト、お前の部屋にクロエ嬢を案内して差し上げなさい」

王の言葉にアルベルトはうなずいて答えた。

「わかりました。ご多忙の中、私たちのためにお時間を頂戴《ちょうだい》しましたことを心より感謝いたします。王妃様も、クロエ嬢をよろしくお願い申し上げます。では、私たちはここで失礼いたします」

行こう、とクロエに声をかけて、アルベルトはクロエに腕を差し出す。

クロエはその手をとる前に、王と王妃に向かってカーテシーをしてみせた。

それからアルベルトの腕をとり、アルベルトとともに彼の部屋へ向かう。

そんな後ろ姿を厳しい表情で見つめる王と王妃がいることに、ふたりはついぞ気づくことはなかった。

部屋に案内されたクロエは人払いが済んだ瞬間、アルベルトの腕の中に囚われてしまった。

久しぶりに会ったアルベルトは王たちに会うためか正装に近い服装をしていた。

見慣れない格好の彼を遠く感じていたことをアルベルトも感じていたのかもしれない。

クロエを抱きしめるアルベルトの手は細かく震えていた。彼も自分とのことを考えて不安に思っていてくれたのだと、クロエはそっとその背中に手を伸ばした。

頬《ほお》をアルベルトの胸に添えると金糸まじりの紐や勲章が当たる。

——私はとうとうここまで来たのね。

ずっと雲の上だと思っていたアルベルトとの未来が具体的に見えてきて、クロエの胸は期待に膨らんだ。

男爵家での生活に不自由があったわけではない。それでも王族、それも王妃の座から見える景色は今よりもずっと広く煌《きら》めいていることは間違いないと信じて疑わなかった。

シェルニアが身を引いたことはクロエにとってのチャンスにほかならない。

後ろ盾がない身でありながら、自分を選んでくれた王子様に釣り合う令嬢になってみせるとクロエはアルベルトの腕の中で誓った。

——シェルニア様はうまくできなかったようだけど、私は違うわ。

アルベルトに釣り合う女になれなかった女を笑って、クロエは自分を鼓舞《こぶ》する。

どんな教育だろうとシェルニアよりも早く終えられる自信があった。

アルベルトとお茶の時間を取れないくらい不器用なシェルニアを、クロエは憐《あわ》れんでさえいた。

もっと早く自分がアルベルトと仲良くなっていれば、彼女は無駄な教育を受けずに済んだかもしれないのに。

クロエは傲慢《ごうまん》になっている自分に気がつかないままそんなことを思っていた。

「王から受け取った書状を確認しよう」

「そうですね」

アルベルトはクロエを一度離すと、今度は彼女の腰を抱いてソファーに並んで座った。

「書状にサインをしたことは？」

アルベルトに問われて、クロエは首を横に振った。

書面を見ることなど領主にでもならなければないと聞いて育ったクロエにとって、当然初めてのことだった。

「ならわからないことがあれば俺に聞いてくれ。さっき聞いたように、王族は規則と規律、契約を守るという約束の上で国に立っている。王が作ったものに間違いはないはずだが、一度名前を書いてしまえば知らないと言い逃れをすることはできない」

アルベルトはクロエの腰を抱く手を放し、書類をテーブルに広げながら説明をはじめた。

「はい、アルベルト様」

「俺たちのこれからのことが書かれている。ふたりで頑張って乗り越えよう」

潤《うる》んだ瞳でクロエが見つめると、アルベルトは力強くうなずいた。

自分ひとりではないというだけで、クロエもアルベルトも無敵になったつもりでいた。

まずはもう一度、アルベルトが契約書の内容を声に出して読み上げはじめた。

「なにかわからないことはあるか？」

アルベルトは最後まで読み上げると、クロエに問いかけた。

まだ別紙には目を通してはいないが、アルベルトはこの契約が自分たちにとって有利なものであることを確信していた。

この条件を果たしさえすれば、本来なら認められるはずのない男爵家の令嬢を妻にできるのだ。

王が取り消すと言い出さないうちに、さっさと正式に書類を提出してしまいたかった。

「王妃教育をきちんと受ければ、私はアルベルト様の妻になれるということでしょう？」

クロエの問いかけに、アルベルトはうなずく。

ふたつ目の、アルベルトに課せられた内容はクロエには直接関係がない。アルベルトはまずクロエのほうの条件を優先して確認しようとした。

「その解釈でいいと思う。別紙のほうにも目を通しておこう」

教育の内容が一覧となって詳しく書かれている紙を広げる。

そこにはテーブルマナーからはじまり他国の情勢、さまざまな種類のダンス、他国の言葉の習得といったアルベルトも苦労させられた内容がズラリと並んでいた。

王妃の文字でどこまでが最低限のラインであるのか細かく指示が入っていて、アルベルトはそれだけで、クロエに待ち受ける教育の過酷さを想像してしまった。

幼い頃から次期王となるための教育を受けていたアルベルトを一番厳しく指導したのは、ほかでもない王妃だ。

「貴方はいずれ国を背負うことになります」

「はい、母上」

「母ではありません。王妃とお呼びなさい」

物心ついた時から厳しかった王妃はことあるごとにアルベルトを叱咤《しった》した。

弟が生まれると、その言葉はさらに厳しさを増した。

帝王学や剣術といった専門外のことに口を出すことはなかったが、語学やテーブルマナー、立ち居振る舞いはたとえふたりきりの時でも厳しく指導されてきた。

王になるためとはいえ、母に甘えたい年頃から容赦《ようしゃ》なくしごかれた日々を思い出して、アルベルトはどこか憂鬱《ゆううつ》な気持ちになる。

クロエが辛い時は支えてやらなければと思ったものの、すぐに自分が辺境地へ行くことを思い出して、そばにいられない現実を悔やんだ。

そんなアルベルトの気持ちも知らずに、クロエは広げた紙から目を背ける。

「なにが書いてあろうと、全部受けないといけないものなのでしょう？　先に確認したところで内容が変わるわけでもないのですから、早く署名してしまいましょう」

「しかし……」

「アルベルト様は、私が信じられませんか？」

うるうると、今にも泣きだしそうな瞳で見つめられてアルベルトは言葉をのみ込んだ。

クロエの言葉はアルベルトを驚かせると同時に、自分には彼女しかないと思わせる力を持っていた。

——俺の考えすぎかもしれない。クロエならきっと、立派にやりとげてくれるだろう。

そんな期待もあって、彼女のやる気をそぐようなことは言わないでおくことにした。

悪い考えを振り払ってから、アルベルトはクロエのやる気に満ちた姿を見て頬《ほお》をゆるめる。

書くものを探すクロエに筆とインクを用意すると、彼女は嬉々《きき》としてそれを受け取り、サインをした。

シェルニアのお手本のような字とは違う丸い文字はクロエらしい可愛らしさで、格式ばった書面には浮いているように見えた。

クロエはサインを済ませると、アルベルトが書面を熟読する姿をつまらなそうに待っていた。

アルベルトはクロエと違い、熱心に王妃教育の一覧とアルベルトが赴《おもむ》く予定の辺境地についての内容を確認しているようだった。

そんなアルベルトの様子に、クロエは内心で首をかしげる。

——私の受ける教育について、アルベルト様が必死になる必要はあるのかしら？

クロエは不思議に思いながら、アルベルトの目が自分を見ないことに不満を抱きつつあった。

「アルベルト様、まだかかりますか？」

口にはしないものの不満を感じさせるような言葉に、アルベルトはやっと顔を上げてクロエを見る。

「すまない、まだ時間がかかりそうだ。俺は今日これから辺境地について調べることになるだろうから、君は一度家に戻ったらどうだ？」

アルベルトは気を利かせて、家へ帰るようクロエに促した。

必要なものは用意されるとはいえ、持参したいものも多いだろうと判断してのことだった。

そんな気遣いを厄介払いされたと思ったクロエは、ふてくされた表情のままアルベルトの部屋から退出しようとした。

「これからは毎日王宮でお会いできますものね」

部屋を出る間際、アルベルトが辺境地へ発つ日はまだ正式に決まっていないことを思い出し、嬉しそうな声を上げる。

なにか言ってほしそうな様子のクロエにアルベルトは軽く同意して、苦笑いにも似た笑みで彼女を見送った。

クロエは気がついていないようだが、王妃教育が終わるまでアルベルトがクロエとともに過ごせる時間はほとんどない。

詳細な日程までは記載されていなかったが、王妃教育の一覧にはこれまた王妃の字で、習得するまでの期間が事細かに書き込まれていた。

朝起きてから寝るまでどころではない。寝ている間すらも学習にあてないと間に合わないような期間の設定は、クロエに足りないとされた教育の多さをアルベルトに知らしめるようなものだった。

――間に合うのだろうか。

クロエの自信を疑いたくはないが、男爵家の教育ではよくてダンスと社交がせいぜいだ。それがどれだけうまくできたところで、一度のパーティーで賞賛を受ける以上のことはないだろう。

王妃の厳しさにどれだけ耐えられるのか。

アルベルトには見当もつかなかったが、自分にできるのは励《はげ》ましてやることくらいである。

それすらも、辺境地へ赴《おもむ》いてしまえば簡単には叶わない。

今はただクロエを信じて、自分に課された難題をこなすことを考えることしかできなかった。


――一体どうなさったのかしら。

アルベルトの部屋を出てからクロエは、王家が用意してくれた馬車に乗って家に帰りついた。

馬車は以前アルベルトとお忍びで使ったのと同じ地味な装いだったが、クロエは以前のように忍ぶ必要のない関係であるにもかかわらず、どうして王族の紋が入ったものを使えないのかと不思議に思った。

それでもすぐに、婚約を正式に発表すれば今度はこっちを使えなくなるかもしれないと思い直し、両親が待つ屋敷に帰る道中、心を躍らせていた。

「お父様、お母様、戻りました」

クロエが馬車を降りると、男爵家当主である父のエドゥインとその妻が肩を並べて娘の帰りを待っていた。

心配そうな表情の両親に急いで駆け寄ると、クロエは喜びを隠しきれない表情でふたりに告げる。

「私、王妃になれるかもしれません！」

けれど嬉しそうなクロエとは裏腹にエドゥインは顔色を青くして、信じられないものを見る目で娘を見た。

「クロエ、ああ……嘘だと言ってくれ」

アルベルトが下位貴族の令嬢と懇意《こんい》にしている、その令嬢はクロエなのだという噂は知っていた。それでもいざ本当に娘の口からその話を聞かされると、エドゥインは頭を抱える。

「嘘じゃありません！　私はアルベルト様とずっと想い合っていました」

クロエはエドゥインに詰め寄ると、いかに自分とアルベルトが運命的な縁で結ばれていたのかを知らしめようと息を荒らげた。

クロエが長い間アルベルトに憧れていたことを知っているエドゥインは自分の娘がどれほど恐ろしいことをしようとしているのか、その影響がどんなものであるかを想像して意識を失ってしまいたくなった。

娘の憧れは、本格的に婚約者が決まれば消え失せるだろうと簡単に考えていた。そんな考えの甘さに気がついたが、今さらどうにもできず、妻とともにうなだれた。

「どうしたんですか、お父様？」

自分がしでかしたことの重大さを理解していない娘は不思議そうな顔をしてから、思い出したようにアルベルトとのこれまでを朗々と語った。

「アルベルト様はとっても素敵な王子様でした」

うっとりとドレスの裾《すそ》をひるがえすクロエは、おとぎ話に憧れる少女のような表情を浮かべていた。

「クロエ……」

そんな娘の姿に、エドウィンは言葉を詰まらせる。まるで恐ろしい怪物にでも会ったような心地さえしていた。

「それで私、お父様たちに見ていただきたいものがあるんです……！」

「わかった。その話は後で聞くから、一度落ち着きなさい」

止まる気配のないクロエを制して、エドゥインはひとまず屋敷内へ入るよう誘導した。

これ以上、誰が聞いているかわからない往来で話をしていたくはない。

先にクロエと妻を屋敷に送ったエドゥインは、いまだに動かないでいる王宮からの馬車に近寄った。

先ほどのやりとりが御者に聞こえていたかもしれない。

男爵家など、下手をすれば王の言葉ひとつで一家もろとも首が飛びかねないのだ。一刻も早くクロエのことを詫びなくてはならないと必死だった。

「先ほどのお話は、私の胸の内に秘めておきます」

切り出す言葉を選ぶエドゥインより先に、御者が口を開いた。

クロエの話はやはり聞こえていたのかと、エドゥインは背中に冷や汗が流れるのを感じた。

「ありがとうございます」

言うべき言葉が形にならず、結局エドウィンは礼だけを告げて深く頭を下げた。

御者とはいえ、男爵家よりも上位の貴族の出であることは間違いない。これ以上失態は見せることはできないと気を引き締めて、エドウィンは御者に向き合った。

「明日のお昼ごろ、令嬢をお迎えに上がります」

その言葉に、エドウィンは自分がもう引くに引けない立場に置かれていることを思い出した。

クロエが戻るよりも先に王妃の使いがやってきて、クロエがアルベルトの婚約者候補として王妃教育を受けることに決まったこと、それが明後日からはじまることを告げられた。男爵邸は妻の悲鳴とエドウィンの怒声で、一時は混迷を極めていた。

なにかの冗談か、または誰かの策略かとすら疑ったエドウィンであったが、クロエが王宮の馬車に乗って目の前に現れた瞬間、すべてを理解した。

すでに存分にうろたえたおかげか、クロエが信じられないことを口にするたびにエドウィンの頭は冷静さを取り戻していた。

王にとっては男爵家ひとつどうなっても構わないだろうが、エドウィンにとっては愛しい妻と娘のため体を張って守ってきた立場だ。

クロエがやってしまった出来事を考えれば、自分だけで事が丸く収まるのなら首などいくらでも差し出すつもりはある。だが、こんなことで従者やメイドたちを路頭に迷わせるわけにはいかないと、エドウィンは最小限の被害で済む方法を考えていた。

「ご足労をおかけします。よろしくお願いいたします」

エドゥインは決して王家に逆らわず、なにもかも言われるがまま受け入れることに決めた。

王族がなにを思ってクロエに王妃教育という正気を疑うような決定を下したのか、考えることもなかった。

帰路につく王家の馬車を見送って、エドゥインは屋敷に戻った。

談話室からはクロエの笑い声が響いていた。

これまでであれば、エドゥインは愛しい我が娘への愛情に心を温かくしていたかもしれない。

だがこんな大事になってしまった今、クロエに対する憎しみにも似た醜《みにく》い感情を抑えられるか不安でいっぱいだった。

——育て方を間違えたのか？

大してわがままも言わず、素直に育ったクロエはエドゥインにとって自慢の娘だった。

上位貴族たちと釣り合うレベルとまでは言えないが、なにを望んだ時も苦がないように、できる限りのつてと時間を使い、クロエには男爵令嬢としては十分すぎるほどの教育を受けさせた。

その甲斐あって、クロエは立派な令嬢に育った。それでも男爵令嬢にしては、と前置きがされての話だ。そのクロエがまさか、王家がこぞってぜひにと望んだシェルニアをさしおいてアルベルトと恋仲になるなどとは。

まったくもって予想していなかったことをしでかしてなお、褒《ほ》めてもらえると信じてこちらを見るクロエの視線がエドゥインは恐ろしかった。

シェルニアは娘が可愛いエドゥインから見ても完璧な淑女で、非の打ちどころがない令嬢だった。そんな彼女を差し置いてクロエを選んだアルベルトに、八つ当たりとはわかっていながら責め立てたい気持ちを抱えたまま、エドゥインはようやっと談話室の扉の前に立った。

「私が呼ぶまで近寄らないように」

従者たちがよそよそしい態度で談話室から出ていくのを見送って、純粋な瞳でこちらを見る娘をエドゥインは見据えた。

どこから説明をすればいいのかわからないが、時間は待ってはくれない。

明日の午後にはもう、クロエはエドゥインの手を離れてしまうのだ。

どうにか地面に足をつけて現実を見るように、しっかりとクロエに教えきらなければならない。

エドゥインは、心細そうな表情で自分とクロエの様子を交互にうかがう妻の隣に腰を下ろした。

「クロエ、時間がない。お前の話は後で聞くから、まずは私の話を聞いてくれ」

先制されたクロエは、いつになく真剣なエドゥインの様子に口を噤《つぐ》んだ。

どうせ後で聞きたがるに違いないと、クロエはアルベルトとの恋の話やこれからの夢に満ちた話をいったん胸にしまって、父親のほうへ身を傾ける。

エドゥインは気持ちを落ち着けるように大きく息を吸い、妻の手を握った。

自分ひとりでこの先待ち受ける未来に立ち向かう勇気がなくて、妻に縋《すが》ってしまった。

夫の手を、妻は寄り添うように両手で包み込む。その手はか細く震えていた。

「今回の話を、お前はどう思っている？」

エドゥインはいまだにひとりだけ浮ついた娘が、どれだけ状況を正しく把握しているのかを確認することからはじめた。

もしも予想よりもひどい有様であるなら、先に釘を刺してしまうつもりだった。

「どう……とは？　なんだかその言い方は、すごく嫌な感じです。お父様は私が王妃になることを喜んでくださらないのですか？」

クロエは唇を尖らせて、悲しそうに目を伏せた。彼女が拗《す》ねた時の癖だ。けれど機嫌をとってほしいと訴えるようなその癖を許容する余裕はエドゥインにはなかった。

「どうして私たちが喜ぶと思ったんだ！」

危惧《きぐ》していた通りだった。エドゥインの怒りの導火線に、あっというまに火が灯る。

声を荒らげるエドウィンに、クロエは先ほどまでの悲しげな演技も忘れて弾かれたように視線をやった。

よくやった、と喜んでもらえるとばかり思っていたクロエは、なぜ父がここまで怒りをあらわにするのかわからなかった。

エドゥインは常々、クロエなら男爵家のために上位貴族との縁を結べると褒《ほ》めていた。

どんな人の妻になっても恥ずかしくない教育をしたと、それはそれは自信満々に社交の場でクロエを紹介していたのだ。あれは一体なんだったのか。

クロエは突然手のひらを返したエドゥインに疑心を抱いた。

「私が選んだ方ならどんな人でも喜んでくださるとおっしゃっていたではないですか、お父様の嘘吐き！　私のことなど愛していないのでしょう！」

愛されていると、愛していると思っていた父親を相手に、言いたくもない言葉がクロエの口からこぼれた。

無意識の言葉はクロエ自身も傷つけたが、それ以上にエドゥインを傷つけた。

悲痛な表情で固まるエドゥインを見て、それまで黙っていた妻が口を開いた。

「お父様は、貴方をずっと大切に愛していました。私はそれを、貴方が私のお腹の中にいた頃から伝えていたはずです。どうしてそんな……」

母親の悲痛な訴えは次第に嗚咽《おえつ》となり、すすり泣きに変わった。

「お前にはいつも辛い思いをさせる、ふがいない夫ですまない。……クロエ、母親をここまで傷つけてもまだわからないか？」

泣きじゃくる妻の肩を抱きながら、エドゥインはクロエに問いかけた。

「……どうして」

クロエの言葉はぽつんと、母のすすり泣く音に紛れて誰に聞きとられることなく消えた。

両親の期待に応えてみせたと、次の王妃にふさわしいとアルベルト直々《じきじき》に選ばれたのだと。

いつのまにか高く高く積み上がっていた自信があっけなく崩れ去り、クロエは茫然としていた。

「お前がアルベルト殿下に憧れていたのは知っていたが、まさかこんなことをしでかすとは」

父の言葉にクロエはようやく自分が責められることをしたのではと気がつき、うろたえる。

「そんな、お父様」

「シェルニア様は、王家がぜひにと望んだお方だったのだ」

クロエの言葉を遮《さえぎ》って、エドゥインはシェルニアとアルベルトの関係を説明しはじめた。

オズワルド侯爵家は、決して有力な貴族ではなかった。それがシェルニアの父、フラド・オズワルドが一代で築いた地位は、王族にも影響するほどのものになった。

他国から仕入れた物品を王都で売りさばき富を得るとともに、方々で友好の輪を広げる手腕はどの貴族よりも秀でていた。

難攻不落と言われた隣国の王すらも相手取り、フラドは一貴族でありながら王族とひけをとらないほどの交友関係を広げていったのだ。

代々王族と親しい関係ではなかったオズワルト侯爵家が力をつけていることに気がついた王は、フラドの力を危惧《きぐ》した。

王は侯爵家を味方につけるべく、フラドに側近としての地位を与え、そしてオズワルド侯爵家の令嬢シェルニアにアルベルトとの婚約を打診した。

フラドとしても王家と縁を繋ぐことは利があり、自らに与えられた地位は早々に受け入れた。

だが、婚約の話はそう簡単ではなかった。婚約の話はあくまで仮のもので、娘自身がアルベルト王子を気に入ることがなければ即座にとりやめる、と条件を出したのだ。

フラドは自分の家の富よりも、娘の意志を尊重するよき父親だった。

そんな娘が七歳になり、フラドはついにアルベルトと引き合わせることにした。

娘が一目でアルベルトを気に入った様子を見せたことで、フラドはようやく婚約の話を正式に進めることを許したのだった。

王と王妃も、いずれ自分たちの娘となるシェルニアを気に入った。

見た目の美しさだけでなく、聡明さと堂に入った態度は特に王妃の目によく映り、我が子以上に可愛がったという。

そんな政治的な繋がりも含んだ婚約を台なしにしたのがなんの後ろ盾もない男爵家の娘と知り、オズワルド侯爵家はどんな手を使ってくるのだろうか。

エドゥインは詫びる方法を考え続けたが、自分の首以上によいものが見つからなかった。

アルベルトとの婚約とその先の明るい未来を無邪気に喜んでいたクロエは、自分が首元に剣を突きつけられた状態なのだと気づかされて、もう笑ってはいられなかった。

王と王妃があんなに友好的にクロエに接していたのは一体なんだったのか。

もしや、すべてわかった上でクロエを、ひいては男爵家を陥《おとしい》れようとしていたのか。

よからぬことが次々と頭の中に湧き上がる。絶望感で、クロエの小さな体がいっぱいになった。

「今さらどうにかできることではない。お前が王家とどのような契《ちぎ》りを交わしたかを思い出し、それを成し遂げるしかもう方法はないのだ」

エドゥインは諦めた口ぶりで、クロエが持って帰ってきた契約書の控えを手にした。

妻とふたりで目を通し、クロエが受けることになった王妃教育の仔細《しさい》を確認して顔を曇《くも》らせる。

大切な我が子を疑っているわけではないが、クロエをよく知るからこそ、この内容にクロエが耐えられるとはエドゥインには思えなかった。

妻も同じ気持ちなのだろう。細かな決まりを読めば読むほど不安そうな顔になり、最後にはエドゥインに縋《すが》って肩に顔を埋めてしまった。

「明日の昼には迎えが来る。準備をしなさい」

エドゥインがクロエにかけられる言葉はひとつしかなかった。

頑張りなさいとも、励《はげ》みなさいとも言わなかったのは、エドゥインの最後に残った娘への優しさだった。


「私、どうしたら……」

エドゥインから聞かされた衝撃的な話を、クロエはまだ理解しきれないでいた。

シェルニアとの婚約は釣り合う家柄の中から選んだ程度のもので、アルベルトの気持ち次第でどうにかなると、そんな口ぶりだったことを思い出し、クロエは混乱していた。

父親の話が嘘だというにはあまりにもエドゥインの瞳は真剣で、あれほど重々しい口調で伝えられてはクロエに疑う余地はなかった。

王家だけでなく、オズワルド侯爵家までも相手にすることになった男爵家は一体どうなってしまうのだろうか。

クロエは今さらながらに、アルベルトとシェルニアの関係に水を差した自分の行動が恐ろしいものであったことを知った。

国を混乱に陥《おとしい》れかねないことをしたと罪を認めたところで、クロエはすでに契約書にサインをしてしまっている。

両親に促されて自室に戻ったクロエは茫然としていた。

——とんでもないことになってしまったわ。

オズワルド侯爵の気持ちひとつで男爵家全員の首が飛ぶ。

そんな事実を突きつけられて、今まで甘やかされて育ったクロエに耐えられるわけもなかった。

「どうしたらいいのかしら……」

一瞬、このまま逃げ出してしまおうかと魔が差した。

「ダメよ、ダメ。アルベルト様と結婚しないと意味がないわ」

頭を振って、弱気になる自分を振るい落とす。

このままでは自分だけでなく、両親まで貴族として生きていけなくされてしまう。

アルベルトはこのことを知っていたのだろうか。

ふと頭を過《よぎ》った疑問は、アルベルトへの純粋な気持ちに影を落とした。

シェルニアを好いていないことはアルベルトの態度でよくわかっていたが、クロエのことは、本当に好いてくれているのだろうか？

シェルニアとの婚約をどうしても解消したかったアルベルトが、都合よく現れたクロエを利用したのだとしたら。

男爵家なら切り捨てるにはぴったりだと、そんな理由でアルベルトがクロエを選んだとしたら。

よくないとは思いながら、悪い方向に傾いた思考は止まらない。

――アルベルト様。

悶々《もんもん》と考えに耽《ふけ》り、ほとんど寝つけないまま朝を迎えたクロエは、メイドに身支度を整えられて食堂におりた。

「おはようございます。お父様、お母様」

「……おはよう」

「ひどい顔色よ、クロエ」

そう言う両親も眠れていないのか、ひどい顔色だった。

鬱々《うつうつ》とした夜を過ごしたのが自分だけではなかったことを察し、クロエは曖昧《あいまい》に笑って席に座った。

食事を終えると、まだ準備を終えていないクロエを手伝って、母が私物をまとめてくれた。

「貴方がここに戻ってくることは、ないのでしょうね」

感傷的に告げられた言葉は、この現状が現実だと突きつけるにはぴったりのものだった。

クロエが王宮に行っている間にこの男爵邸がなくなっていると捉えることもできたし、クロエ自身が王妃教育を逃げ出しでもすれば、もうこの場所に帰れるはずがないのだ。

昨日帰ってきた時に考えていたような、王宮で華やかに暮らすクロエに向けた言葉だとは、もう勘違いすることはなかった。

これから待っているのは茨《いばら》の道だと母の表情で悟ったクロエは、涙を流すまいとしながら私物をまとめた。

ドレスや必需品は王妃が用意してくれていると言っていたので、持っていくものは少ない。

王家に属する者が持つには幼稚《ようち》な物ばかりで溢れた自室から、クロエが持ちだしたのは本当に限られたものだけだった。

王家の紋が入った馬車が迎えに来ても、クロエは喜ぶことはなかった。

あんなに乗りたいと、求めていた美しい馬車。

ずっと憧れていた王宮からの使者。

そんな夢心地も、現実を知った今となってはクロエを地獄へ運ぶためのものにしか見えなかった。

「娘をよろしくお願いします」

「命に代えても、お嬢様を王宮にお連れすることをお約束します」

心配そうなエドウィンの言葉に返事をした御者が馬に跨《またが》ると、すぐに馬車は動きはじめた。

昨日と同じく御者に深くお辞儀したエドウィンと母に見送られながら、クロエは王宮へ向かう。

――昨日と同じ道のはずなのに。

馬車の中は快適で、揺れもほとんど感じない。

それなのに、クロエの気持ちはまったく晴れなかった。昨日の今頃はアルベルトとの将来に思いを馳《は》せ、あんなに胸を躍らせていたというのに。

今のクロエはもう、なにも知らない子供ではなかった。

手に持ったままの王妃教育一覧にもう一度目を通して、深くため息をついた。

王妃の手によって詳しく記述された内容は、どれをとってもクロエにはできそうもない事柄ばかりだった。

一行目には外交のために十にものぼる言語をマスターすることが最低条件と、事もなげに書かれていた。自国の言葉だけでも精一杯勉強して今のレベルになったクロエがいつ十カ国語も修得することができるのかと途方に暮れた。

歴史についても自国以外のものや、もう消滅してしまった国の名まで覚えることを求められていて、昨日の自分がどうして目を通さなかったのかと悔やんだが、クロエはそれは違うと思い直した。

――あの時読んでいても、きっと変わらなかったわ。

浮かれてプライドだけがどんどん高くなっていた昨日のクロエが目を通していたとしても、こんな教育くらい簡単にこなせると思い上がっていたはずだ。

どの道決まっている無理難題の山を登ることに、クロエはもう何度目かもわからないため息をついた。

はじめから、アルベルトとの婚約を認めないと言われたほうがずっとよかった。

家柄のせいでアルベルトとは結ばれないと決まっていれば、彼とのことは美しい思い出として、身の丈に合った相手と家庭を築いていたかもしれない。

それなのに一縷《いちる》の希望を見せた王妃は、クロエ自身にアルベルトと釣り合わないことを認めさせ、諦めさせようとしていたのだとクロエは気がついた。

その優しさにも似た慈悲は、どんな仕打ちよりもクロエを絶望に追いやるに違いなかった。

アルベルトとの婚約を諦めたところで、使いものにならないと王家に判を押されたクロエを望む貴族はまず現れないだろう。

そうなればクロエは後ろ指をさされながら独り身を貫くか、身分を捨てて平民となり、静かな田舎で暮らすしかなくなる。

王妃がそこまで恐ろしいことを考えているとは思いたくないが、クロエには王妃教育をこなしてアルベルトと幸せに過ごす自分よりも、そちらのほうがずっと簡単に想像ができた。

これが王族を敵に回すということなのだと、その恐ろしさを身をもって実感することになったのだ。

「いらっしゃい」

王妃に迎え入れられたクロエは、通された部屋に驚かされた。

想像よりもずっと豪華で、何着も並べられた豪華なドレスは沈んだクロエの心を引き上げるには十分だった。

――考えすぎたのかもしれないわ！

道中の不安も絶望もすっかり忘れてドレスや家具に夢中になっていると、それを見ていた王妃が優しい声でクロエに告げた。

「今日はこのままゆっくりしてもらって結構です、夕食は、陛下がぜひにとおっしゃっているのでともにいただきましょう。明日から本格的に教育をはじめます」

クロエがうなずくと、王妃はクロエの部屋から出ていった。

「お疲れでしょう。湯浴みでもいかがですか？」

クロエ付きとなった侍女が、今度は小物に目を輝かせているクロエに問いかけた。

そういえば昨夜は考え込んでいたせいで、身だしなみをほとんど整えることなく来てしまったことを思い出し、クロエは侍女の言葉に飛びついた。

「そうね、お願いできるかしら」

侍女はクロエを浴槽へ案内する。

「ここで王妃教育を受ける間、私は王妃と同等の扱いを受けるということよね」

願ってもなかった僥倖《ぎょうこう》が降って湧いたことで、クロエは砕けていた自尊心をどうにか繋ぎ合わせ、自分だけに聞こえる音量で声に出した。幼い頃から憧れていた地位につけたのだと、気合を入れて威厳《いげん》を持った振る舞いをするのだと心に決める。

夢見心地で浴室にたどりつくと、クロエは再度感嘆した。

「第一王子からの贈り物を湯船に浮かべさせていただきました」

侍女が扉を開けると、薔薇《ばら》の香りがふわりと広がった。

「まぁ……アルベルト様！」

アルベルトが自分を利用しようとしたのではと疑ったことを恥じて、クロエは恋人の優しさに目を潤《うる》ませた。

自分ひとりで耐えなければならないと思っていたが、王宮にはアルベルトがいる。

どうして気がつかなかったのだろう。

くじけそうになってもアルベルトがクロエを助けてくれるのだと、と言葉だけではなく行動で示してくれているなんて。

浴槽から溢れるほど敷き詰められた薔薇《ばら》の花びらを見て、クロエのやる気はみなぎった。

こうなったら意地でも王妃教育を受けきって、アルベルトとともに国を治めてみせなくては。

アルベルトの気持ちがわかった以上、クロエにはもう迷いはなかった。

「さあ、お湯が冷めてしまいます」

感動して動けないでいたクロエを、侍女が促した。

それにひとつうなずいて、クロエはアルベルトの曇《くも》りない気持ちへ体を沈めた。


「クロエがついたのか」

女官からクロエの到着を知らされたアルベルトは、噛みしめるように答えた。

これからともに高い試練の山を登ることとなったクロエを、迎えに行く時間は取れなかった。

せめてもの謝罪と応援の意を示すように薔薇《ばら》を贈ったが、受け取ってくれただろうか。アルベルトは不安になった。

今日の夕食は王と王妃、クロエとアルベルト、そして第二王子のシェドリアンの五人で食事をとることが知らされていた。

シェドリアンは交流のために隣国へ留学していたが、クロエとアルベルトが婚約する話が上がったとあって一時的に帰国したのだという。

もう十二歳となったシェドリアンは声変わりもほとんど終えており、記憶の中の幼い弟とは似ても似つかぬほど精悍《せいかん》な顔と体つきになっていた。

シェルニアとの婚約については深く聞かれなかったが、シェドリアンはクロエの話をするアルベルトに、関係が良好そうでよかったと肯定的な意見を述べてくれた。

「シェルニア様は王妃の器ではありましたが、アルベルト兄様とは馬が合わないご様子でしたからね」

シェドリアンはシェルニアを本当の姉のように慕っていた分、アルベルトの関係があまり思わしくないことにも気がついていたらしい。

ごまかすことなくまっすぐに指摘されて、アルベルトは返事に窮《きゅう》した。

「ずいぶんませたことを言うようになったな」

そう言って小突く振りをするアルベルトに、シェドリアンは声を上げて笑った。

「兄様がわかりやすすぎるんです、僕にも手伝えることがあればおっしゃってください」

シェドリアンはそう言うと、書類を片手に立ち去っていった。

名残惜しさを感じたが、しばらく滞在すると言っていたし、シェドリアンとはまた話す時間もあるだろう。アルベルトは、目の前の課題に再び向き合うことになった。

辺境ユソルロについて書かれた資料に目を落とす。

かの地の状況は考えていたよりも思わしくなく、新たに使いを出したり、昔の記録に再び目を通したりとアルベルトは忙しくしていた。

辺境地に赴《おもむ》いてからでは、王宮にある書類をひとつ取り寄せるにも時間がかかる。

すべて持っていくことはできないので、書類の山から必要なものを選び出してから向かいたいところだが、あちらは寒くなると雪が積もって馬車もろくに通れなくなるという。

アルベルトに残された時間はわずかしかなかった。


侍女によって美しく手入れされたクロエは、隅々まで磨かれた肌に香油を塗り込まれていた。

貴族令嬢とはいえ、ここまで豪華な扱いを受けたことはない。初めての経験ともいうべき一連の待遇は砕け散ったクロエの尊厳を瞬く間に持ち直させた。

——これからはずっとこんな贅沢《ぜいたく》な暮らしが待っているんだもの、王妃教育くらいなんてことないわ！

ここに来るまでに抱いていた不安もすっかり吹き飛んで、クロエはせっせと自分を飾り立てる侍女にあれこれ世話を焼かれながら、夕食会を心待ちにしていた。

すっかり日も落ちた頃にクロエは夕食会の席に向かった。

クロエがその場につくと、すでに王妃とアルベルト、シェドリアンが席についていて、クロエは軽くカーテシーをしてから侍女の引く椅子に腰かけた。

「そろそろ陛下もいらっしゃいます」

背筋を伸ばした王妃がクロエに微笑みかけ、それにクロエが返事をする前に、王が室内に現れた。

「もうみんなそろっていたのか。遅くなってしまったようだ」

椅子に座った王の合図で、クロエのグラスにワインが注がれた。

淡く色づいた色のそれをどうすればいいか迷っていると王がグラスを掲げ、アルベルトたちも続いてグラスを上げた。

遅れてクロエもそれにならうと、王は食事の前の挨拶をしてグラスに口をつけた。

それからのクロエは和やかに談笑する王族の前で、なんとか目の前の皿を片づけることに神経を集中していた。

なじみのない料理が出た時は目の前に座るアルベルトや隣の王妃を真似《まね》してカトラリーを動かした。

下品にならないよう気をつけているのに、皿とカトラリーが音を立てる。

そのたびに王妃のほうから鋭い視線を感じて、ろくに味もわからない料理を口にする。

楽しみにしていたはずの夕食会を今すぐ終わってほしいと願うまで、クロエは神経をすり減らしていた。

「クロエ嬢は明日から王妃教育がはじまるのだな」

突然話しかけられて、クロエはひっくり返りそうな声で返事をした。

まさか自分が王に話しかけられるとは思ってもないことで、気を抜いていたクロエにまた厳しい視線が飛んでくる。

「ええ、明日から私がクロエ嬢を王族にふさわしい立派な令嬢にしてみせますわ」

クロエの代わりに王妃が答える。王は王妃とクロエを労《ねぎら》う言葉をかけて、その時点でデザートの段階だった食事会はようやくお開きとなった。

王が立ち去り、王妃が消え、アルベルトがクロエをエスコートして部屋へ届けてくれた。

「今日は疲れただろう。明日に備えてゆっくり休んでくれ」

引き留めようとしたクロエを制して、アルベルトはすぐに自室に帰ってしまった。

もっと話ができるとばかり思っていたクロエは肩透かしを食らった気分で、侍女が着飾ってくれたドレスやアクセサリーを取り払った。

そのまま浴槽でまたいっそう磨かれ、疲れた体をベッドに沈めると、クロエはすぐさま夢の世界へ旅立った。

記念すべき一日目から、クロエは地獄のような王妃教育を身をもって知ることとなった。

朝、用意された食事に早速手をつけようとしたら侍女から容赦《ようしゃ》のない叱責が飛んだ。

どういうことかと癇癪《かんしゃく》を起こしたクロエだったが、侍女の返答を受けるとすぐに黙って従った。

「私は王妃様から身の回りのお世話と指導を仰《おお》せつかっております。私の言葉は王妃様のお言葉と思って励《はげ》まれたほうがよろしいかと」

冷ややかにそう言った侍女は、王妃があてがったクロエの教育係だった。

元はアルベルトの教育をしていた彼女はクロエを従わせるにふさわしい威厳《いげん》と淑女の手本となる態度で、逆らえないと気づいたクロエは大人しく従うことにした。

カトラリーを皿にあてない、肘を開かない、唇を舐めない、顔を近づけない。

一口ごとに注意を受けて、味もろくにわからないまま朝食を終えた。

その後は王妃に呼ばれて語学、歴史、ダンスといった科目の教師陣を紹介された。

まずは半年で所作とダンス、歴史を最低ラインまで学んでもらうという王妃の言葉に、クロエは口元を無理やり笑みの形にしてうなずいた。

所作の細かなところは侍女が四六時中目を光らせていて、王妃にはカーテシーや歩き方といった基礎を一から叩き込まれた。午前が終わる頃には、まだ腰はついているのかと確認したくなるほどに酷使されて感覚がなくなっていた。

昼食を王妃とともにいただき、休憩する間もなく次は歴史学と言語学を受けながらダンスの練習に挑むことになった。

簡単なワルツくらいしか踊れないクロエに対して、王妃は容赦《ようしゃ》なかった。

聞いたことがない言語で話しながら軽やかにステップを踏む王妃は、クロエと同じ時間を過ごしたはずだというのに疲れを感じさせない動きで手本を見せた。

頭の中が知らない言葉でぎゅうぎゅう詰めになったクロエは覚束《おぼつか》ない足取りでなんとかステップを踏んでいたものの、終わりを告げる王妃の声とともに崩れ落ち、その日は侍女に抱えられるようにして自室に戻ることになった。

高いヒールによって圧迫されたつま先をほぐしながら、クロエはこんな地獄が続くのかという絶望とともにベッドに横になり、枕を濡らす間もなく眠りに落ちた。

クロエが王妃教育を受けはじめてから数日が経った。

クロエとの時間はほとんど取れないまま、アルベルトがユソルロへ旅立つ日は明日に迫っていた。

あんなに楽しみにしていた王族のパーティーには、クロエもアルベルトも出席できない。

――クロエはどうしているだろうか？

はじめこそ時間を見つけては顔を見に行っていたが、アルベルトが顔を出せば必ず泣き言を言うクロエから、次第に距離を置くようになった。

あれが嫌だこれが嫌だと泣いて、どうにかしてほしいと言外に訴えられるたびに、どうすることもできない自分をクロエに知られたくなかった。王子でありながら規則や規律に縛られて、自分の一存ではなにも決められないと知られたくなかったのだ。

言葉少なくなったアルベルトに対して、クロエはだんだん笑うこともなくなっていた。

教育を受けるにつれて、感情を見せなくなることは淑女としては正しい姿だとわかっているのに、アルベルトにはクロエもまたシェルニアのようになってしまったと勝手に決めつけて、より距離を置くようになった。

そうしてアルベルトは、クロエに出発を告げることなく王宮を後にすることにした。

当初の目的であったクロエとの婚約を獲得するためではない。変わっていくクロエと距離を置くために、逃げるように出立の日を早めた。

アルベルトにとって自分の婚約者は、自分を認め、わかりやすく愛情を向けてくれる人がよかった。

父も母もいたが、彼らはアルベルトの父母である前に国父と国母であった。

だからこそ幼い頃から自分ひとりに向けられる愛情に憧れ、同時に飢えていた。

王子という役職を愛してくれる者であればたくさんいた。それは権力や金、なにかしらの下心があって、なんとか成り立つ愛だった。

けれどなにも持たないアルベルトを、ただのアルベルトを見てくれる人は、どこにもいなかった。愛されたことのない自分に自信を持てるはずもなく、王子ではないアルベルトに価値を、値段をつけてくれる人はひとりもいなかった。

アルベルトがクロエを求めたのは、クロエが自分をただひとりのアルベルトとして見てくれるような気がしたからだ。彼女に愛されることで覚えた気分の高揚は、臆病なアルベルトを自信に溢れたアルベルトに仕立て上げてくれた。

——ああ、けれど。

アルベルトは笑った。

クロエはもう、アルベルトが愛したクロエでなくなっていた。

こんなことなら王族の地位を捨てて、クロエの夫となる道を望むべきだった。

それももう今さらだとわかっていながら、アルベルトはあったかもしれない未来を思い描いて、自嘲した。

第三章

数年前。辺境の地、ユソルロ。

国境に面したその地では、隣国ジギから逃れてきた貧しい民と、彼らを取り戻そうとするジギの兵により、争いが絶えなかった。

長らく灯った戦火は、着実に土地を蝕《むしば》んでいた。

剣を交え、領地と民の取り合いを繰り返す様子は、まさに泥沼だ。

紛争は一行に終息する気配はなく、民たちは疲弊《ひへい》の一途をたどっていた。

「父上、お加減はいかかですか？」

ベッドに伏せる父のもとに、ストヴァルは近づいた。

「ああ……ストヴァルか」

青白い顔に冷や汗を浮かべながら微笑んだ父は、彼の名を呼ぶとすぐに咳込んだ。

「今日は朝から伏せったままだとうかがいました」

執務を終わらせてすぐに駆けつけたストヴァルに、父は力なく微笑んだ。

バァンをはじめとした側近たちが代わりを担ってはいるものの、この地は困難な状況に立たされている。次期当主として生まれたストヴァルも、幼少期から剣を持ってユソルロを守るために戦っていた。

「……っ」

「父上！」

なにかを言おうと開いた色のない唇が歪《ゆが》み、シーツに血の跡を残す。

――もう長くないかもしれない。

ストヴァルは父親の背中を撫でながら、冷静にこれからのことを考えた。

「こんな状況で、お前にすべてを託す父を許してくれ」

ストヴァルの予感が当たったのは、それからすぐのことだった。

父が、ユソルロから姿を消したのだ。

ストヴァルに残されたものは、信頼のおける数名の部下だけだった。

体の弱い領主、という隙につけ込もうとする者は後を絶たない。これ以上自分が息子に迷惑をかけてはいけないという思いからだったのか、自分だけ先に逃げ出したのか。

ストヴァルは父がどんな思いで故郷を捨てたのか聞けないまま、突如としてユソルロのすべてを任されることになった。

「ストヴァル様、あちらの兵がまたユソルロに向かって進行しているそうです」

父が姿を消して、早くも二年の月日が経った頃。

父の代から家臣を務めるバァンの報告が入ると、執務室に緊張が走った。

「……兵の数は？」

ストヴァルは眉をひそめ、短くため息をついてから冷静に尋ねた。

またかと、口にしないだけよかったのかもしれない。

父が退いてからというもの、ジギ王国の兵に賊にと、ひっきりなしにユソルロを襲撃しに来ていた。

「それが……五百は引き連れているかと」

バァンのその言葉に、ストヴァルは深くため息をついた。

当主の役割を任されてから、ずっと休む間もなく戦いに明け暮れてきた。

内政に割く時間も人員もなく、ストヴァルは鎧の血をそのままに剣を掴むと、バァンに告げた。

「ディザードを呼べ」

「はっ」

バァンはすぐさま返事をして部屋を出ていった。

じっと、ストヴァルはその背中を睨《にら》みつける。それから剣の手入れをして時を待つことにした。

ストヴァルが当主になってすぐ、側近たちの動きは大人しかった。

新しい当主がどれほどのものか、見極めようとしていたのかもしれない。

しかし、やがてストヴァルが剣を振るう以外なにもできないと知ると、これまで私腹を増やしていた者にとどまらず、静観していた貴族たちまでが表立ってジギの辺境地であるリンシャの辺境伯に擦り寄りはじめた。

名のある貴族を筆頭に、側近たちは次々と悪事に手を染めていったのだ。

その中心にいたのがバァンだった。

幼い頃から父親の陰で暗躍していたことは知っている。

それをいつ捕らえるか。ストヴァルはずっと機会をうかがいながら、密かに鋭い牙を磨いていた。

そして父が消えてから二年。あえてなにもかもを好きにさせてきた。その代償を払わせる日取りを、ついに決めたのだ。

迎えた決行の日。

彼が二十歳になり、王都からの書面でようやく正式に当主となった瞬間だった。

「どういうことですか、ストヴァル様！」

ディザードを呼びに行ったはずの男は両手を縛られて、広間に現れたストヴァルに向かって叫んだ。

「……わからないか？」

「こんな非常事態にお戯《たわむ》れはおやめくださいませ！」

貼りつけたような必死さを顔に滲《にじ》ませて、バァンは訴える。

ストヴァルは、この男のすべてが憎くてたまらなかった。

「お前がしてきたことはすべて把握している」

「なに……？」

「さぞかし愉快だっただろうな、父はなにも知らないお前の操り人形か」

ハッと吐き捨てるように笑う。

そんなストヴァルの様子にもはや言い逃れはできないと察したのか、バァンは大きく舌を打つと表情を一転させた。

「息子は馬鹿ではなかったらしい」

拘束された状態でもバァンは余裕のある表情で、眼前に突きつけられた剣の切っ先を鼻で笑った。

「なにがおかしい」

「すべて……と言えばわかりますか？」

ニタリと笑ったバァンのその言葉と同時に、轟音《ごうおん》が鳴り響いた。

「やっとこの日が来たな」

ストヴァルは自分に言い聞かせるように剣を下ろした。

兵の半分にはバァンの息がかかっていたらしい。

剣を向けられて戦っているうちにバァンは逃げ出し、ストヴァルは向かってくる敵を皆殺しにした。

「リーディアの部隊にバァンを追わせています」

「わかった」

向かってくる敵を切るストヴァルとは違い、逃げる貴族たちを捕らえることに重きを置くディザードは、目の前の惨状《さんじょう》に眉をひそめた。

おびただしい数の死体が転がる広間、その真ん中に立つストヴァル。

幼い頃から戦うことを余儀なくされた男の横顔は、影を帯びて表情がうかがえない。

片目にひどい傷を負う、恐ろしき戦闘狂。

いつからか不名誉ともいうべき名称をつけられてしまった若き主の姿に、ディザードは唇を噛みしめた。


長く苦しい時期の間、一番苦しんだのは民だった。

大切な子供を飢えのために失った者、娘を貴族にとられ涙した者、挙げればキリがないほどの悪事の犠牲になった民を、ストヴァルはひとりひとり謝罪をしてまわった。

「アンタがもっと早く動いてくれていれば……！」

そう言って水をかけられたり、生ごみを投げつけられたりしても逆上することはなく、やがて少しずつストヴァルは民たちに受け入れられるようになっていった。

「内政を任せられる者が必要です」

ストヴァルにそう進言したのは、幼い頃から彼を守っていた部下、ディザードだった。

ずっと無能な振りしていたストヴァルに代わって指揮を執っていた彼は、悪事を働いていた貴族たちを排除しストヴァルを中心としたユソルロの体制を整えるのに一段落ついた頃を見計らって提案したのだ。

「もっと具体的に教えてくれ」

まだ戦以外のことには疎《うと》いストヴァルだが、ディザードの切羽《せっぱ》詰まった様子を見て、迅速に手を打たなければならないことをすぐに理解した。

椅子に座ってできる仕事は斬り捨てた貴族たちにすべて任せていたせいで、人が足りなくなることはわかっていた。だが、事態は想像以上にひどかった。

「金も食料も、なにもかもが足りない」

このままではユソルロがなくなってしまいかねない状況に、ストヴァルは王宮にいる有能な者を送ってくれるよう、王に願い出た。

なにが足りなくて、なにが多いかはわかっても、それだけで統治はできない。

自分が書類仕事をできるようになるまで待ってほしいなどと民に言えるわけもなく、新たに側近にした者たちもほとんどが戦に出ていたものばかり。

ユソルロの近況を聞いた王は、すぐにストヴァルへ返事を出した。

近いうちに使いをよこすという簡潔な答えに加え、これまでのストヴァルの武功と栄誉をたたえる勲章と、ありあまるほどの金を添えて。

この金があれば当座はしのげるとストヴァルは王の心遣いに感謝し、使いの者が現れるまで、できる限り民たちの暮らしをよくするように奔走《ほんそう》した。

そうして、アルベルトは王からの指示のもとユソルロに派遣されることになったのだ。

ユソルロまでの道のりは険しかった。

馬車いっぱいに積みこんだ書類と、最低限の生活必需品との隙間で運ばれるアルベルトは、目的地に向かうにつれてひどくなる揺れに気分が悪くなりそうになりながら、ユソルロを目指していた。

一週間もあればつくと軽く考えていたアルベルトは、まずはこの道をなんとかするべきだと、辺境地で着手する予定だった様々なものを押しのけてまで最初に取り組むべきものを決めていた。

「つきました」

幸いにも天候にも恵まれ、山賊に襲われることもなく、アルベルトは無事にユソルロへ降り立った。

聞いていたよりもずっと広い地域は高い塀で隣国との境目を作っているせいか、もの寂しい印象だ。

「主はすぐにいらっしゃいます、お待たせして申し訳ございません」

屋敷に案内され、軽い一礼とともに辺境伯の従者らしい細身の男がメイドに指示をして部屋を出ていく。

あまり光の届かない屋敷の応接間に通されたアルベルトは、差し出された紅茶で馬車の揺れによる気分の悪さを胃の奥に流し込んでから、ぐるっと部屋を見渡した。

ほとんど調度品のない殺風景な部屋は、王宮とは比べものにならないほど質素だった。

ソファーやじゅうたんといった必需品は最低限の値が張るものを置いてあるようだが、それもずいぶんとくたびれていており、それが一段とこの部屋の印象を質素に感じさせる要因だった。

メイドが二杯目の紅茶を注いでくれた時、応接間の扉が勢いよく開かれた。

「待たせたようですまない、こんなところにまで足を運んでいただき感謝する」

顔に傷がある男が息を乱し、詫びの言葉を告げてからアルベルトの前に座った。

「予定よりも早くについたのはこちらです、お気になさらないでください」

アルベルトは、ストヴァルの飾り気のない言葉を好意的に受け取った。

王子の肩書に長ったらしく媚《こ》びへつらうような者でなくてよかったと、安心して肩の力を抜く。

それはストヴァルのほうも同じだったようで、アルベルトの素直な様子にかすかな笑みを見せた。

軽い自己紹介の後、アルベルトはストヴァルより年下で、今は王子ではなく王宮からの使いにすぎないのだと説明し、普段通りに接するよう望んだ。

「それにしても、なぜ王子がわざわざこちらに来ることになったんだ？」

ストヴァルはアルベルトの痛い腹を無自覚につついた。

王命とはいえ王位継承権を持つ者が辺境の地へ赴任したことに疑問を持つストヴァルに対し、アルベルトは自分がここに来た経緯を簡単に説明した。

「長らくここを貴方ひとりに任せきりにしていたことを、陛下も悔やんでおられました、私が来たのはその償《つぐな》いを最大限に形として見せるためです。できる限り、この地を立て直すために尽力します」

それは都合よく真実を隠した言葉のようだったが、同時にアルベルトの決意でもあった。

書類仕事が苦手というにふさわしい執務室に案内されて、アルベルトは途方に暮れていた。

先ほどまで、アルベルトはストヴァルとお茶をしながら情報交換をしていた。

なかば罰のように課せられた任務とはいえ、辺境伯の助けになれるだけの能力はあると示しておきたいアルベルトにとって、ここでの取り組みは今後を左右する重要なものだ。

クロエと距離を置いて冷静になると、彼女になにも言わず王都を離れたことを悔やんだ。

味方のいない場所に置き去りにするようにしてしまったことで、アルベルトはクロエに罪悪感を抱いていた。

――夜にでも手紙を書こう。

当分の間は無邪気なクロエの笑顔を見られないと思うと、アルベルトの心に寂しさと、クロエへの恋しさが募った。

「そろそろ部屋へ案内させようか」

話が一段落ついたタイミングで、ストヴァルがメイドを呼びつける。

席を立ったストヴァルに、アルベルトはひとつだけわがままを言った。

「先に執務室を見せてもらうことはできますか？」

部屋へ向かう廊下の途中に執務室があると簡単に説明され、アルベルトたちは執務室へ行くことになった。

一段と大きな扉に鍵を差し込んで、ストヴァルはアルベルトを中に迎え入れる。

通された部屋は壁一面の棚と大きな机、それからソファーが一脚だけ置かれていた。

それだけなら実用的な部屋だとアルベルトも納得するだけだっただろう。だが乱雑に置かれた資料の山が、この部屋を使う人間がどれだけ書類仕事に慣れていないかを物語っていた。棚の中には様々な資料が詰め込まれているが、まったく関係のないものが雑多にまとめられて、おかしなことになっている。

棚のひとつを見ても、並んだ背に書かれた年度は順番がバラバラだ。そのうちのひとつを手にとる。

――中身まで時系列順に並べられていないとは。

日付順でも、書類が処理された順番でもない。手当たり次第に放り込んだと言わんばかりの中身を見て、アルベルトは絶句した。

よく見ると明らかに違和感のある数字すら確認できる。本当にこれらの書類が正しく処理されたかも怪しいと、はじめの数枚を見ただけでわかる有様だった。

「ひどい状況ですね」

アルベルトは資料をひとまず元の場所に戻すと、素直な感想を口にした。

王宮から持ち出した書類の写しを整理しておけるだけの場所もない。

はっきりとダメ出しをされて、ストヴァルは苦笑いでごまかす。けれど内心では、熱心に資料を見まわすアルベルトに対して期待を抱きはじめていた。

王宮から派遣された王子が、荒れ果てた地を立て直すために本当に力を尽くそうとしている。それはストヴァルにとって、あまりに意外なことだったのだ。

『見た目だけの王子』だとか、『王家の名の下に好き勝手している』といったあまりよくない噂ばかり聞いていただけに、ストヴァルはアルベルトの真剣な横顔を見て、一体どちらが本当なのかと不思議に思った。

「前当主の頃の書類はこれで全部ですか？」

アルベルトが執務室を見渡して問いかける。

目星がついている様子の彼にひとつうなずいてから、ストヴァルは口を開いた。

「今のところかき集められたのはこれだけだな……ある分の書類についてはすべて調べ終わっているはずだが、漏《も》れまではまだ確認できていない。処分した貴族どもの私財などは隣室に確保してあるが……まだ手はつけていない」

幼い頃から外で剣を振るうばかりだったストヴァルにとって、書類仕事は未知の領域だった。

ユソルロを蝕《むしば》んでいた貴族はあらかた片づけたが、それでもまだ膿《うみ》をすべては出しきれないでいた。これで終わりかと思えば次の標的が現れ、そのたびにストヴァルが出向くことになる。相手がどんな者かわからない以上、部下に任せきりにすることはできなかった。

「ジギと繋がった貴族を一掃したものの、なかなか根が深くてな……言い訳になるが、最近までほとんど落ち着いて仕事に手をつけられる状況じゃなかった」

屋敷を離れることが多いストヴァルでは、寝る間も惜しんでなんとか時間を作ったところで、せいぜい民の生活苦を先延ばしにするのがやっとだった。

「現状、物資の分配はある程度できているようですが、絶対数が足りていません。まずは安定した物資の供給ルートを整えつつ、ゆくゆくは領内での生産環境の整備を、と言いたいところですが……財源がなければその手も打てません。そちらから手をつけましょう」

新しく側近とした者たちもいろいろと手を尽くしてはいたものの、目先の食料や衣食住を整えるだけで手いっぱいで、根本的な問題には手はつけられていなかった。そのことをアルベルトに指摘され、ストヴァルは強くうなずいた。

「貴族どもから没収した私財はまだ手つかずで残っている。足りなければ私が王から賜《たまわ》った褒美《ほうび》もある。すべてこの地のために使ってほしい」

長い間苦しんだ民を思うストヴァルの表情は苦々しいものの、その目は未来を見据えた強い力を秘めていた。

「わかりました。私の知識や経験が役に立てばいいのですが」

「俺はこういうことに関しては知識も経験もまるでない。力仕事ならなんでも引き受けられるんだがな」

そう言うと、ふたりどちらからともなく笑い合う。

ある程度やるべきことが決まっている王都での政務よりもよっぽど難題であるにもかかわらず、アルベルトはこの地を一から立て直すことを、ストヴァルとならできると確信していた。

――この人は経験と教育の場に恵まれなかったというだけで、恐ろしいほど優秀だ。

言葉を交わせば交わすほど、アルベルトはストヴァルの潜在能力の高さに驚いた。

自分の話をすぐに理解するだけでなく、その先を提示できるだけの柔軟な発想の持ち主だ。

アルベルトは王都にいる間に見聞きしたユソルロの惨状《さんじょう》に、辺境伯を賜《たまわ》っておきながらろくな成果もあげられない名ばかりの領主だとストヴァルを侮《あなど》っていた自分を恥じた。

アルベルトはすっかりストヴァルを認めて、彼に力を貸すことができる喜びを感じていた。

これまで戦火から領地を守ることに専念していただけで、ストヴァルはこれから領地を治めるに値する素晴らしい人物に成長するだろうと確信したのだ。

辺境地での仕事にやる気をみなぎらせたアルベルトは、王都の安定した環境では必要とされなかった攻めの姿勢でユソルロの復興に臨もうと決めた。

ストヴァルならきっとそんなアルベルトを認めてくれる気がした。

「なんにせよ、急いでもいい結果は出ない。今日はゆっくり休んで、明日からはじめよう」

アルベルトのやる気を感じたのか、ストヴァルはそう言って彼を部屋に送った。

いくら優秀そうとはいえ、長旅の疲れを抱えたままではろくに頭も回らないだろう。

数日はゆっくりしてほしいところであったが、そうも言ってられない状況にストヴァルは申し訳なさそうな表情でアルベルトに詫びた。

「そうですね、ここの食事も楽しみです」

王宮にいた頃よりも質素であることがわかっていながら、アルベルトはストヴァルの気遣いに笑顔を見せた。


「おはようございます」

朝日の眩《まぶ》しさに目を細めたアルベルトは、自分に笑いかける見慣れないメイドの姿に首をかしげた。

新しいメイドを雇ったのか？　と口には出さなかったものの、彼女はアルベルトの困惑を察したのか改めて状況を説明した。

「長旅でお疲れのところ申し訳ございません。ストヴァル様が朝食を一緒にとる約束をしたとおっしゃっていたので、お呼びにまいりました」

そう言って、ベッドの上でぼーっとしたままのアルベルトに一杯の水を用意し、カーテンをまとめていく。

「そうだったな」

王宮にある自室よりもずっと狭いベッドと質素な室内を見渡してから、アルベルトは自分が辺境ユソルロに来たことと、昨夜ここで眠りについたことを思い出した。

昨夜の夕食で飲んだワインのせいか飛んでいた記憶をすべて思い出す頃に、アルベルトはメイドが用意した水を一気に呷《あお》った。

冷たい水が、アルベルトの滞《とどこお》った思考回路をクリアにしていく。

幸いにも二日酔いで困るほどの量は飲んでいなかったようで気分はすっきりしていたが、馬車に揺られ続けた体はガチガチに悲鳴を上げていた。

「っ……」

布団から両足を抜き出すだけで、節々が派手に痛みを訴える。

訪れたばかりの新天地でひ弱な自分を知られたくなかったアルベルトは、メイドが近寄ってこようとするのを手で制して問題がないことを示した。

昨夜、夕食の後に簡単なマッサージをしてもらったものの、慣れない旅は王子として悠々自適に過ごした体には過酷だったらしい。オイルが切れたブリキのように首を動かして、アルベルトはメイドに問いかける。

「ストヴァル殿はもう？」

「はい、アルベルト様が起きるまで待つとおっしゃっていて一時間ほど執務室にこもっていらっしゃいます」

メイドに言われて、初日からやらかしてしまったことに血の気が引いた。

急いで着替えようと動き出すが、体の筋という筋がこわばっていてなかなか思うように動けない。

そんなアルベルトの様子にメイドは慌てることなく着替えを持ってくると、アルベルトのローブに手をかけた。

「ご無理をなさらないでください。本来なら三日はお休みをとっていただくほうがよいと私たちも思っておりましたし、ストヴァル様もお疲れのところを引き留めてしまったことを気にしていらっしゃいました」

言葉を続けながらメイドはテキパキとアルベルトの身の回りの世話をする。

ほとんど動くことなく全身を侍女に着飾ってもらい、髪を整えてもらうと、アルベルトは水差しから移した水で仕上げとばかりに口を潤《うるお》した。

「今朝と約束をしたのは私だ、叩き起こしてくれてよかったのに」

「王子を叩いたりしたら私どもの首がなくなってしまいます」

すっかり気分を取り戻したアルベルトは気さくな様子のメイドと冗談まじりの会話をして、ストヴァルが待つ食堂へ向かった。

「急《せ》かしたのは俺だが、もうしばらく休んでもらっても構わないぞ」

席について早々、ストヴァルは動きのおかしいアルベルトを気遣う素振りを見せた。

「紙を見るだけなら全身筋肉痛でも問題ありませんから」

首を横に振ったアルベルトは、その後軽く言葉を交わしながら朝食のような昼食のような食事を終えるとストヴァルとともに執務室へ向かった。

道すがら、アルベルトがギクシャクと動いたり顔をしかめたりする様子を見てストヴァルはずいぶんと心配をしたようだった。

「頭を使うだけならそう苦ではありませんよ。それに力仕事はストヴァル殿が引き受けてくださるでしょう？」

ニヤリと悪い笑みを浮かべたアルベルトが冗談まじりにそう言うと、ストヴァルは声を上げて笑った。

「力仕事には自信がある、任せろ」

トンッと胸を叩いて、ストヴァルはアルベルトと同じ表情をした。

今のユソルロに使える金がどれくらいあるか調べはじめたアルベルトは、驚きの声を上げた。

「どうした？　なにか問題でもあったか……？」

ストヴァルは心配そうな様子でアルベルトが握りしめた資料を覗き込む。そこには、今使えるだけの資金の合計が記されていた。

アルベルトが起きるまでの間、ストヴァルが自分の私財と、没収した貴族たちの財産をまとめていたのが役に立った。

「思っていたよりもずっと資金があります！」

あれもこれもと切り詰められそうなものに頭を悩ませていたアルベルトが、喜色満面に答えた。

「冬に備えた備蓄《びちく》もいくらかありますし、これならなんとかできるはずです」

アルベルトは雪に覆われてしまうまでにやらなければならないことを次々と書き出しては、ストヴァルに細かく説明をしたり逆に説明してもらったりして話を詰めていった。

ユソルロの冬は、王都とは比べ物にならないほどに厳しい。

アルベルトはこれまで雪で覆われた場所に赴《おもむ》くことはあっても長居をしたことはなかった。

そこについて、ストヴァルはアルベルトよりずっと詳しい。領主となってから、民に炊き出しをする機会を設けたこともあるという。冬の備えに関しては、ストヴァルに一任することにした。

「冬の間でなければ、民と言葉を交わす時間も取れなかったからな」

「ストヴァル殿の気持ちは伝わっていると思います、直接話す機会は少なくても、貴方がやろうとしたことはきっとわかってくれていますよ」

アルベルトの言葉に、ストヴァルは物悲しい笑みを浮かべた。その表情はこの地で長らく過ごした彼でないとわからないことがたくさんあったのだと、言葉がなくても確かにアルベルトに伝えていた。

冬の間にできることはないと思い今までなにも行っていなかったと聞いて、アルベルトはできそうなことをいくつか提案した。

王宮には雪が降り積もる他国の産業について記した書物もあり、役立ちそうなことを写しておいたのだ。中でも鉱山の開発と、工芸品などの特産品を作ることは、ストヴァルの目を引いた。

「特産品か。そういえばユソルロでそういったものを作るのは、今までなかったな」

今までは農作物や狩りで仕留めた獲物の肉、よくてそれらを簡単に加工したものを生産するに留まっていたため、不作の年はずいぶん苦労していたことをストヴァルは思い出していた。

「焼き物や布は特にその土地の特徴が出ますから力を入れてもいいかもしれません。私はまだこの地のことに詳しくないので、こういったことこそ民たちから案を募りましょう」

ストヴァルはひとつうなずき、メイドを呼びつけてなにか言付けをした。

「ユソルロは、隣国も欲しがるほど土地が豊かで自然に溢れていますからね」

そう言いながら、具体的な取り組みを順に書き出してまとめていくアルベルト。

誰が読んでもわかりやすく簡潔にまとめられた指示書を見て、ストヴァルは目を丸くした。今ここで走り書きされたものとは誰も思わないだろうとアルベルトの能力の高さに驚く。

砂金のある川の上流には、金の鉱脈がある可能性が高い。水仕事に出る者に対し、そのついでに川周辺で砂金を探すという日常生活の中でできる行動の指示と、それから山を登る男たちのための露頭《ろとう》の探し方の指南まで書かれている。

露頭《ろとう》というのは鉱脈の地層が地上に露出した部分で、鉄や銅の多い鉱脈は赤茶けており、石英という青みかかった白い筋の入った石が多い鉱脈からは金や銀がとれるという。簡単な図まで書かれた指示書は、それ以上手を加える必要がないほど完璧な出来だった。

特産品についても同様で、身近なものを使ったものでいいのだと気軽な参加を求めながら、具体的な例を出すことでより想像しやすいような書き方をしている。実際に民たちが紙に書き出す際の書き方指南まで載っていて、これなら誰でも提案がしやすく、受け取る際もその善し悪しを比較しやすい。

「すごいな、どちらも見ただけでなにをすべきか想像できる内容だ」

素直に感心するストヴァルに対して、アルベルトは照れたように頰《ほお》を染める。

その時、扉を叩く音が聞こえて振り向くと、メイドに連れられてひとりの男性が現れた。

「二度目にお会いしますね、ディザードと申します」

この屋敷に来て初めに挨拶をした男だ。アルベルトは簡単に挨拶を交わした。

アルベルトよりも少し身長が高い彼は、にこにこと笑みを浮かべたまま握手を交わす。

ストヴァルとともに戦場に立っていたという割には細く、肌も白い。剣だこができているとはいえ腕っぷしが強そうには見えないディザードの口から、自分は銃を使った後方からの支援が得意なのだと聞いて、アルベルトはすぐに納得した。

「こうは言っているが、侮《あなど》ってかかると短剣で首をスパンだ、気をつけろ」

冗談か本気かわからないストヴァルの言葉に、アルベルトは笑顔を浮かべたまま、温厚そうな様子のディザードを見上げる。

瞼《まぶた》から頬《ほお》にかけて縦に傷跡がある、いかにも戦場帰りといったストヴァルと並ぶとより線が細く、ともすれば若い女性のようにも見えるのに、そのストヴァルよりも一回り上と聞いて年齢不詳のディザードに空恐ろしいなにかを感じた。

ディザードはアルベルトが書いた二枚の紙を見て、笑みを深くする。

「これは素晴らしい取り組みですね、ストヴァル様が思いつくはずもありません」

皮肉のきいた言葉にもストヴァルは怒ることなく、アルベルトに視線を向けるだけだった。

こんな男だ、気をつけろという表情の彼に、小さくうなずく。

——腹の中に何匹か狸《たぬき》と狐を飼っていそうだ。

アルベルトは引きつった笑みを浮かべた。

「どちらも冬になる前に目途をつけられるよう動いてくれ」

「これだけわかりやすいと民たちにも伝わりやすいでしょう。すぐにとりかかれると思います」

ディザードはそう言うと、アルベルトの緊張した表情にくすりと笑みをこぼす。

「ストヴァル様が脅すので私はいつも怯《おび》えられます」

心中を見透かされていたことに顔を青くしたアルベルトに肩をすくめると、彼は指示書を片手に執務室を出ていった。

冬までにしておくことをストヴァルがまとめている間、アルベルトは今までの書類を時系列順にまとめながら、内容に違和感のあるものを抜き出すなど、細かなことまでチェックをしていく。

やるべきことを洗い出し、足りないものを補足したり、使いを呼んだりとせわしなく働いていると時間は瞬く間に過ぎていく。

ふたりはメイドが運んできた簡単な軽食を摘まみながら、夜遅くまで執務室にこもっていた。

首を動かしてお互いに嫌な音が鳴ったのを合図に切り上げると、アルベルトは疲労した体とは対称的に充実した気持ちを抱いて、この地で過ごすことに喜びを感じていた。


アルベルトが膨大な書類整理に励《はげ》むこと数日。

隣国からの移民をどうしたらよいかと問われ、アルベルトは頭を悩ませていた。

ユソルロを長い間悩ませていた問題をすぐその場で判断できるわけもなく、別の書類に手を伸ばしてはまた移民問題にぶつかることを何度も繰り返した。

国を捨てた者を受け入れて終わるだけの話ではない。アルベルトもユソルロに来て、彼らを実際に目の当たりにした。苦しむ彼らをどうにかしてやりたい気持ちになりながら、どうしようもない現状に困り果てていた。

逃げてきた者たちを一時的に保護することはできても、定住させるとなると複雑な問題が生じる。

いかにユソルロの土地が広く豊かといっても限りはあるし、他国の人間である彼らの権利についても、自国の民とまったく同じとするのは難しい。誰彼構わず受け入れてしまえば、表立って売ることができないものが入り込む可能性も危惧《きぐ》しなければならない。

「難民をどうにかしなければユソルロが崩壊する可能性も見えてくる、切り捨ててしまえば簡単だが、いざ見てしまうとそうも言えない」

そう言って肩を落とすストヴァルに、アルベルトは同じく肩を落として悔いるしかなかった。骨と皮だけになった人や落ちくぼんだ目をした子供たち。長らく王都でぬくぬくと暮らしていたアルベルトは、自分がいかに恵まれているか知らしめられたような気持ちだった。

明確な答えは出ないまま、日々は過ぎていく。

アルベルトは今日も執務室で書類の整理をしていた。

ストヴァルの父の代から直近までのものはほとんど整理が終わったものの、改竄《かいざん》された書類と事実関係を照らし合わせる作業が残っていた。

おかしな記述を見つけては、アルベルトはその照会に必要な資料をストヴァルに求める。必要があれば裏取りのために各所へ足を運ぶこともあり、ストヴァルはそうしたことを自ら進んで行った。長らく体を動かさないことでストレスが溜まっていたのだろう。

体を使った仕事が得意なストヴァルと、椅子に座っての机仕事が得意なアルベルトは、お互いに足りないものを補い合える友のような存在になっていった。

その日、ストヴァルは珍しく朝からアルベルトと一緒に書類整理をしていた。

「また記述がおかしいものがずいぶん見つかりましたね」

アルベルトが眉間を揉みつつ時計を見ると、時刻はすっかり昼を回っていた。

ふたりとも熱中すると時間を忘れて没頭する癖があるおかげで、仕事は進むものの毎日があっという間に過ぎ、アルベルトが来てからすでに一週間は経っていた。

「そうだな……ディザードの鬼の面が目に浮かぶ」

「……休憩しましょう」

笑顔でブリザードを吹かすことができる優男を嫌でも思い出し、気をそがれたふたりは軽食をとることにした。

空気を入れ替えようとアルベルトが窓に近寄ると、この地の名の由来となったユソルロの大木とそこに群がる子供たちを見つけた。

アルベルトはここに来てすぐこの景色を気に入って、よく休憩の合間に目にしていた。

「……え？」

大木の下で遊ぶ子供たちを見ていたアルベルトは、自らの目を疑った。

ユソルロの木陰で、ひとりの女性が子供に囲まれている。

彼女は、シェルニアによく似ていた。

肩につかないほどの長さにそろえられた髪を揺らして笑う彼女は、アルベルトの知るシェルニアであれば見たことのないような穏やかな表情をしていた。

シェルニアのことを考えると、思い出すのはなぜか、最後にアルベルトに微笑みかけて退出した彼女の消えてしまいそうな笑顔だった。

アルベルトはシェルニアらしさの欠片もない笑みを浮かべる彼女を、長らく見ていた。

「……どうした？」

じっと窓の外を見たまま動かないアルベルトに、怪訝《けげん》な顔で近づいたストヴァルが声をかける。

アルベルトは引き込まれたように窓を見たまま動かない。

「彼女が気になるのか？」

アルベルトの視線の先を追ったストヴァルは、その先にひとりの女性がいることに気がついた。

「似ているんだ、元婚約者に」

そう言ってまたじっと彼女を見るアルベルトの様子に、ストヴァルは息をのむ。

琥珀《こはく》色の瞳は嫌悪とも、愛情とも違う色を宿して鈍く光っていた。

元婚約者、というにはあまりにも熱がこもった視線を向けるアルベルトに、ストヴァルはこれ以上彼女に興味を持たせてはいけない予感がして、とっさにそばにあったカーテンを引いた。

「ストヴァル殿？」

「彼女は平民だ。賊に襲われ、森でさまよっていたところを俺が保護した。レインという名前だそうだ」

ストヴァルは彼女のことを紹介するが、肝心のアルベルトの耳にはほとんど聞こえてはいなかったようで、茫然としたままカーテンの向こうにいるであろうレインを見つめている。

「お前には新しい婚約者がいるんじゃなかったか？」

ここに来てすぐ、アルベルトが何度か手紙をやりとりしている様子を見て、ストヴァルは彼が王都に婚約者を残してきたことを知っていた。

その婚約者がどれほど可愛らしいかを酒を交わすたびに聞かされていたストヴァルは、その話題を口にする。

「クロエ……」

アルベルトはぽつりと婚約者の名前を口にした。

「そうだ、クロエが婚約者だ。どうしてシェルニアを気にする必要がある？」

目を覚ましたようにアルベルトの瞳が瞬くと、誰に言うでもない問いかけがこぼれ落ちた。

その問いはアルベルト自身すら気づかない複雑な思いがあるのだろう、ストヴァルは余計なことを言うまいと口を噤《つぐ》んだ。

「クロエはいつも私を安心させてくれる」

そう言った彼の目はいまだに熱を孕《はら》んでいたが、少しはまともに戻っているようだった。

「早く王都に戻って結婚するんだったな」

アルベルトが先を言う前に、ストヴァルはもうすでに何度も聞かされたアルベルトの決意を口にした。

アルベルトは絶句してストヴァルを見つめる。

「そんなに私は貴方にこの話をしていたか？」

すっかり敬語もなくなったアルベルトは頬《ほお》を染めて問いかけた。

その初々しい態度にこれ以上いじめるのも憚《はばか》られて、ストヴァルは返事の代わりににっこりと笑みを浮かべるだけにした。

「ここの暮らしが嫌というわけではないんだ。やりがいもあるし……王都ではできないこともできる」

そう言って言葉を重ねるアルベルトの様子に、ストヴァルはとうとう我慢しきれずに声を上げて笑い出した。

からかわれたと気づいた頃には、アルベルトはすっかりいつも通りの様子に戻り、書類仕事を再開した。

「シェルニアがこんなところにいるはずがない」

自分に言い聞かせるような彼の呟《つぶや》きに、ストヴァルは余計なことを言いそうになる口の代わりに手を動かすことにした。


「おい！　砂金が見つかった！」

ふたりそろって夕食をとっていると、女が巻物を手に書斎に現れた。

ここのところ、アルベルトとストヴァルは食堂ではなく書斎で食事を済ませる生活をしていた。

最初こそ休息はきちんととったほうがいいと苦言をこぼしたディザードが諦めるのはすぐだった。

このふたりは夢中になると食堂へ向かう時間さえ惜しいと、まともに食事をとらないからだ。

それなら片手間でもいいから食事をとってもらうほうがましだと判断したディザードは、決まった時間に書斎へ食事を運ぶことをメイドに命じた。

扉が蹴破られたのかという勢いで開いたのにも慣れた様子で、アルベルトは彼女の報告を待った。

「リーディア、服を着ろ。それからもう少し大人しく入ってきてくれ」

上半身は一枚のタンクトップだけという姿の彼女に苦言をこぼしたのはストヴァルだった。

目のやり場に困る服装をしたリーディアはしぶしぶ腰に巻いていた上着を羽織ると、手に持った地図と砂金を机の上に置いた。

「いちいちうるさいなぁ、アルベルトが気にしてないんだからいいじゃん」

文句を垂れるリーディアは一応はストヴァルの腹心のひとりだ。

幼い頃に隣国からひとりでこの国に逃れたリーディアは、ストヴァルが目を見張るほどの頭脳の持ち主で、昔から暇さえあれば研究ばかりしている変人でもあった。

そんな彼女が任されたのは、アルベルトが提案した鉱脈を探す仕事だ。指示書を見たリーディアはすっかりアルベルトを気に入って、冬が来る前に鉱脈を見つけようといろいろと手を尽くしていた。

「この川で砂金が見つかったなら、東の山に石英があるんじゃないか？」

細かく印がつけられた地図を見てアルベルトが問いかけると、リーディアはニヤリと笑みを浮かべた。

「ご名答。石英も見つかっている」

リーディアは肩に引っかけるようにして羽織っていた男性用の作業着のポケットからなにかを取り出すと、アルベルトに投げてよこした。

それは一見ただの石のようだったが、よく見ると青い色合いで、いくつも白い筋が入っていた。

「間違いない、石英だ」

そう言って喜ぶふたりは鉱脈がどこにあるのかと、頭を突き合わせて意見を交わしはじめる。

「そろいもそろって曲者ばっかりだ……」

呆れたように呟いたストヴァルの言葉は談義に夢中のふたりには届かず、その日は一日ずっと騒がしいまま夜を迎えることになった。

朝、目が覚めるとアルベルトはすぐに書斎にこもってストヴァルと今日の段取りを簡単に決めた。

残党を追って剣を振り回すことばかりしていたストヴァルは、アルベルトがやってきたことで、書類仕事を本格的に覚えるため屋敷にいることが増えた。

強敵と呼ばれるものはほとんど捕らえられており、ストヴァルが出るまでもないとディザードによってなかば強制的に書斎に缶詰状態にされた結果、今やすっかりアルベルトのやり方を覚え、指示をするまでもなく自ら動き出せるほどに成長していた。

「特産品についての意見もずいぶん集まったようだぞ」

そう言って差し出された紙の束は、ストヴァルの手によって綺麗に整理されている。

受け取って上からいくつか目を通したアルベルトは、一枚の紙に目を留めた。

「やっぱりお前もそれに目がいくか」

それは、ユソルロの葉をモチーフにした細工の入った、ガラスの茶器の絵だった。

石英をガラスに混ぜることで熱にも強くできるのではないかと書き添えられた、その一言に目を引かれてアルベルトは手を止めた。

ガラスは温度差に弱く、扱いにくいとされている。その常識を真っ向からくつがえす提案は、ストヴァルの口ぶりから察するに彼も気になっていたようだった。

「これを書いたのは？」

「代々ガラス食器を作る職人だ。ユソルロでは一番の腕を持つ」

答えてからストヴァルはニヤリと笑みを浮かべた。

「詳しく話を聞きたいから、近々そちらにうかがうと相手に連絡してある」

それを聞いてアルベルトはすぐに立ち上がった。

ソファーの背にかけたままのコートを着込むと、ストヴァルも同じように用意を済ませて書類を抱えていた。

「最近は貴方に振り回されている気がする」

苦々しく言ったアルベルトは、ふてくされたように呟いた。

ストヴァルは声を上げて笑うと、アルベルトの髪をくしゃりとかき混ぜる。

「こうなるように手ほどきをしたのはアルベルトだろう」

そう言われると、アルベルトにはなにも言い返せなかった。

やり方を教えたわけでもないものの、すっかりアルベルトと思考回路を同じにしたストヴァルは、今やアルベルトの興味まですっかり把握して、こうやって先手を打ってはしたいことをさせてくれるようになっていた。

「貴方といると自分が子供のようになった気になる」

まるで兄のように接してくるストヴァルは、時折アルベルトを温かい目で見つめていることがあった。

その視線が嫌ではないものの、自分より数段上を行く年長者なのだと思わせられるたび、アルベルトはストヴァルとの器の大きさの違いをまざまざと見せつけられた気持ちになってしまう。

「それは仕方がないだろう、いくつ離れていると思ってるんだ」

苦笑いとともに返されてアルベルトはまたふてくされたくなった。

そういうところですよと、諭《さと》してくれる従者がいない空間ではアルベルトの気持ちをわかってくれる者はおらず、乱された髪を整えながら、ストヴァルとともに書斎を後にした。


ガラス工房は、想像よりもずっと小さかった。

一見古びた家にも見えるそこはほとんど吹きさらしの状態で、窯《かま》を守るためだけのように簡単に建てられていた。

「貴方がこの絵を描かれたのですか？」

アルベルトが暮らしていた王宮の風呂場にも満たないほどの面積に置かれたソファーにストヴァルと並んで座り、アルベルトは挨拶もそこそこに問いかけた。

ソファーを客人に譲った家主のワッドは、キッチンから持ってきた椅子に座ってその問いにうなずいた。

「わしが描いた」

この無骨そうな男があの絵を描いたのだろうかと半信半疑だったアルベルトは、ワッドの妻が紅茶とともに持ってきた作品を目にしてその認識を改めた。

髭面《ひげづら》の強面《こわおもて》からは想像もできない繊細な蔦模様《つたもよう》とユソルロの花と葉でできたスタンドは、見事なまでの精巧さだった。

王宮へ献上される品にも匹敵《ひってき》するのではないかと思わせるそれに驚いたのは、ストヴァルも同じだ。

「これはすごいですね」

絵に描かれた通りの模様が浮かぶケーキスタンドは、質素なケーキに華を添えるに十分な出来だった。

「この人にね、これを作らせたのはレインちゃんなのよ」

レイン、と聞いてアルベルトは紅茶を飲もうとした手をそっと引き、何事もなかったかのように微笑んだ。

その姿を正しく見抜いたのはストヴァルだけだった。

現にワッドもその妻のマリーも訝《いぶか》しむことなく、レインについて語っている。

「『ガラスに絵が彫られていれば、目が見えなくてもなにが入ってるかわかりますね』ってね」

そう言ったレインの言葉に深い意味はなかったのだろうが、ワッドはその言葉を聞いて、ガラスに細工をすることを思いついた。

ガラスは熱いうちでないと細工ができないが、大元を作った後でガラスの棒を溶かして細かな装飾をすればいいと助言したのもレインだった。

四苦八苦してワッドが作ったものを渡すと、彼女はワッドの腕を褒《ほ》め、そのコップを自分の専用だと言って笑った。

それからすぐワッドは、特産品を公募するという話を聞いてあの絵を描いて提出したのだという。

「レインちゃんはすごい子ね。次から次へいろんなことを思いつくし、それにたくさん知識を持っていて、それを惜しまず与えてくれるのよ」

そう言ってマリーはワッドの手をそっと握った。

レインという娘がこのふたりにとって大切なのだということは、表情だけを見てもよくわかった。

「このガラス細工の手法をこの土地の特産品にしたいと考えています」

いくつか受け答えの後、アルベルトと視線を合わせてうなずき合ったストヴァルが告げると、ワッドとマリーは驚いた様子だった。

まさかすぐに話が決まるとは思ってもみなかった様子の老夫婦に、ストヴァルは細かなことはアルベルトに丸投げしてマリーの話を再度思い返していた。

まさかレインを預けたことで、ワッドとマリーにこんな変化が訪れているとは、ストヴァルも思ってもみなかったのだ。


レインは、ストヴァルが助けた女性だった。

残党を追う最中、ストヴァルが街に向かって馬を走らせて一時間ほど経った頃。足から血を流して森をさまよっているレインを見つけたのはまったくの偶然だった。

目の見えない彼女は、ストヴァルがもう少し来るのが遅ければ崖に落ちるか、血の匂いにつられてやってきた野獣に襲われていただろう。

ストヴァルは彼女を抱えてすぐに辺境地に戻ると、幼い頃から世話になっていたマリーに託した。

それから足の怪我の様子を見に何度か訪れたストヴァルは、レインに実家がどこにあるか尋ねた。

髪は短く切られていたものの、言葉遣いや仕草を見るに彼女がどこかの貴族の令嬢であることは、社交界とはほど遠い暮らしをしてきたストヴァルにもなんとなくわかった。

レインははじめ困ったようにはぐらかそうとしたが、やがて正直に答えてくれた。

「南の修道院です」

しかし、賊に襲われてさらわれたところを、なんとか隙を見て逃げ出し、あの森でさまよっていたのだという。レインは縄の痕が残る手を震わせていた。

「修道院には、ずっと？」

生まれた時から修道院で暮らしていたとは到底思えない様子のレインに、ストヴァルは珍しく問い詰めるように重ねて問いかけた。

そのストヴァルの言葉を短く否定し、答えを得るまでは一歩も引きさがらない様子の彼に根負けしたのか、レインは胸元から手紙を差し出した。

「私には読めませんが、私のことが書かれています」

受け取ったストヴァルは一度躊躇《ちゅうちょ》したものの、手紙を開いた。

そこには短い文でレインが視力を失くした庶民であること、視力を失った際に頭を打って過去の記憶がないことが書かれていた。

手紙をレインに返したストヴァルは、彼女になかば言い聞かせるように口を開いた。

「今すぐ南の修道院に返してやりたいが、もうすぐ冬が来る」

馬を走らせれば一週間もあればつくかもしれないが、盲目のレインではそう簡単にはいかない。

ストヴァルがそう伝えると、レインは見えていないはずの両目をストヴァルの視線と合わせ、曖《あい》昧《まい》な微笑みを浮かべた。

戻りたいとも、どうともとれる様子にストヴァルはひとまず暖かくなるまでユソルロで暮らすことを提案した。レインは申し訳なさそうにしながらも、ストヴァルの言葉にうなずいた。


ストヴァルがレインとの出会いを思い出している間、アルベルトはワッドと最終段階まで話を進めていた。

細々とした話はいまだに不得意なストヴァルと違って、アルベルトはワッドのガラス細工をユソルロの公式な特産品とするにあたって必要になりそうなものや経費、ガラス細工の職人をひとり、一人前に育てるための時間といった細かなことをまとめていた。

「すぐにと言うわけにはいかなさそうだな」

ワッドだけでもとりかかれないかと思っていたストヴァルは、その考えが甘いことに気がついた。

装飾をはじめたのは最近だというワッドだけでは、商品にできるだけの数を作るのは難しいだろう。

さらに冬になれば工房は雪晒《ゆきざら》しになり、このままでは冬の間に制作を行うことはできない。

「窯《かま》とは移動できるものなのか？」

ワッドはストヴァルに問われて、窯《かま》自体はすぐに作れるものだと説明した。

一週間もあれば使えるものができると聞いたストヴァルはアルベルトに耳打ちする。アルベルトは閃《ひらめ》きを得たように手を打った。

「ストヴァル殿の屋敷に使われていない離れがあります。そこを、新しいガラス工房にしていただけませんか？」

そこは長らく放置されていたが、石造りでしっかりしているため、いまだに雨漏《あまも》りもしない立派な建物だった。

父の代にいた貴族のひとりが自分のために建築したものの、彼がいなくなってからは使い道がなく長い間放置されていたのだ。

「冬の間でも作業を進められるようになるし、もちろん住居としても使える。勝手な提案とは思うが、どうだろうか」

援護射撃のつもりで言ったストヴァルに対し、ワッドもマリーお互いに顔を見合わせるだけで返事ができないでいた。

「もちろん給料は出す。その分大変かもしれないが……」

年齢のいったふたりには難しいことを言っていると思いつつ続けたストヴァルに対して、老夫婦は逆に笑顔でその言葉を否定した。

「いいえ、まだ売り物になるかもわからないものを作ってお給料をいただくわけにまいりません」

「窯《かま》の準備が整えば、若いのが来なくてもわしはものを作れるぞ」

ワッドのやる気にみなぎった顔に虚《きょ》を突かれたものの、ストヴァルは好意的に話が進んだことに驚いた。

「ユソルロは衰退《すいたい》するばかりと思っていたわしらにとって、願ってもない話だ」

ずっと苦しんできた民の声に、ストヴァルはぐっと腹の底が熱くなった。

苦しみを一番耐え忍んできたのは民だと頭で理解していながら、真にその心をわかっていなかった自分の未熟さに触れた気持ちで、ワッドとマリーが手を取り合う様子にを感慨《かんがい》深く見つめる。

「あんたらはユソルロの希望だ。その手伝いができるならなんだってやるさ」

そう言って翌日一度屋敷に来ることを約束したワッドは、曲がりかけた背中を反らして快活に笑った。

その言葉を聞いたアルベルトの笑みが一瞬だけ歪《ゆが》んだことに、ストヴァルだけが気づいていた。


それからいくつか話をして、アルベルトとストヴァルは屋敷に戻った。

「貴方はなにも聞かないな」

コートを脱ぎ棄てるように取り払ったアルベルトはうなだれるようにソファーに座ると、そのまずるずると体を横たえてひとりでソファーの上を占領した。

「聞いてほしいなら聞いてやろうか?」

ストヴァルが答えると、アルベルトは力なく首を振った。

ワッドとマリーの老夫婦と話をしてから、アルベルトはユソルロに来たことを初めて後悔していた。

ここではアルベルトを王子として扱うものはおらず、ただストヴァルを助ける者として扱われるお客さんの立場だと思っていたアルベルトにとって、今日の出来事は晴天の霹靂《へきれき》だった。

自分がクロエとの結婚のためという不純な動機でユソルロに来たことに対して、罪悪感にも似た気持ちにを覚えていた。

「お前の動機がなんであろうと、ここで行ったことは嘘にはならないだろう」

ソファーに寝そべる頭を撫でられながらストヴァルに慰《なぐさ》められて、ささくれた気持ちが少し浮上する。

兄がいればこんな感じだろうかと思いつつ、アルベルトはストヴァルの手に好きにさせた。

「貴方もたまには愚痴《ぐち》をこぼしたらいいのに」

ワッドとマリーとの話で様子がおかしかったのはストヴァルも同じだと、アルベルトは気がついていた。

それでも器用な男は自分の傷をうまく隠してこうやってアルベルトを甘やかそうとする。

そんなストヴァルに対して、自分も気がついているのだぞとアルベルトは反撃にも似た言葉をこぼした。

「……気づかれていたか」

アルベルトの髪をくしゃくしゃにしたストヴァルは、去り際に小さく礼を言って去っていく。

その男らしい背中に背負ったものを共有する者が現れてくれればよいのになと、アルベルトは女気のない様子をそっと心配して彼を見送った。

「レイン……か」

大きな背中が消えた扉を見つめていたアルベルトはふと、その名を口にした。

子供に囲まれた彼女の姿を思い出して、胸がチリチリと痛む。

あの笑顔は、いつからあの場所にあったのだろうか。

自分はなにか大切なものを取り逃してるのではないか。

そんな予感がして、アルベルトはもうずいぶんと昔に封じ込めた元婚約者の名前を呼んだ。

「シェルニア……」

どうして今さら、彼女のことを思い出すのか。

アルベルトはゆっくりと瞼《まぶた》を閉じた。


翌日の朝、ワッドとマリーはストヴァルの持つ離れに窯《かま》を作るために、レインとともに現れた。

ワッドの後ろにはストヴァルの指示のもと呼ばれた兵士が三人、それぞれが一台ずつ荷台を引いている。

マリーと手を繋ぐレインは両目を閉じていないからか、目が見えないとは思えない足取りだった。

ヒールのないブーツと浅黄色《あさぎ》の膝丈のワンピースを着たレインの歩き方は、アルベルトの目を引いた。

――似ている。

靴が違うからか歩き方こそ違うが、背筋の伸び方や裾《すそ》さばきは貴族令嬢を思わせる。

ストヴァルが言っていたことを疑いたくはないが、とても庶民とは思えなかった。

アルベルトが知っている庶民はもっと体を揺らして大股で歩くし、服の裾《すそ》が汚れることを気にすることもない。そもそも貴族のように床を擦りそうな長いドレスを着ないから、気にする必要がないと言えばそうなのだが。

実際に彼女と並んだマリーは、歳のせいもあるだろうがお世辞にも綺麗な歩き方とは言えない偏《かたよ》った歩き方をしている。

「少し、あっちを手伝ってくる」

メイドに声をかけられて執務室を飛び出していったストヴァルが食べ残したサンドイッチをひとりかじりながら、アルベルトは書類ではなく窓の外にいる三人の様子を眺《なが》めていた。

書類にパンくずが落ちそうになって慌てて払うが、視線はまたすぐに窓の外に向いてしまう。

立ち止まったレインがマリーになにかを告げられて、胸元で小さく手を振る。

なにかと思って見てみると、屋敷から飛び出したストヴァルが三人のもとに早足で向かう背中が見えた。

ワッドとマリーと談笑し、ストヴァルがマリーからレインに笑いかけたところで、アルベルトは窓から視線を外して仕事を再開した。

メイドが淹《い》れてくれた紅茶に砂糖をひとつ落とす。

今は無性に甘いものが飲みたかった。

「手が空いている者を呼んでいただけますか？」

空いた皿を片づけて退出するメイドに声をかけたアルベルトは、ストヴァルの代わりになる人物を呼ぶようメイドに指示をした。


一度意識すると、レインの姿をよく見かけるようになった。

今日は薄い桃色のワンピースを着て子供たちに囲まれながら、ワッドたちと昼食をとっていた。

目が見えない彼女の世話を焼きたがる子供はたくさんいた。

果物を差し出されたり、手ずからサンドウィッチを与えられたりと、子供たちに世話を焼かれるレインは終始嬉しそうだった。

弾ける笑顔が、彼女の周りにはたくさんあった。

窓を開けなくても笑い声が聞こえるほど、子供たちはレインといることが嬉しいらしい。

末妹のように可愛がられるレインの様子は、窓越しから見ていたアルベルトの心に温かな感情を抱かせた。

「レインか……」

アルベルトにとって、レインは気になる存在だった。

元婚約者に似た髪の色と面差しは、元婚約者を嫌でも思い出させた。その上目が見えないという事実は、視力を失ったというシェルニアの話と結びつけるなというほうが無理がある。

とはいえシェルニアは彼の父親に一等大切にされていたから、こんな辺境地にいるはずもないのだが。

首を振ってシェルニアを脳内から押しやりながら仕事を再開しようとするが、閉じた窓から聞こえる笑い声に視線がつられてしまうのを止められない。

「お疲れですか？　アルベルト様」

我に返るたびに目頭を押さえて頭を振るアルベルトの様子に、メイドは心配そうに声をかけた。

「いや、問題ない」

「そうですか？　ストヴァル様といいアルベルト様といい、働きすぎですから心配です」

メイドの少し怒ったような声にアルベルトは苦笑いするしかなかった。

工房を新しくするとなってからは特に、アルベルトもストヴァルも休む間もなく働いている自覚があった。

「レインはいつからここに？」

「レイン……ですか？」

「この前ワッドたちと話した時に会ったんだ。目がその……不自由なようだから、気になって」

「ああ……あの子はストヴァル様が急に拾ったと言って連れてきたんです、ちょうどアルベルト様がこちらにいらっしゃる一カ月ほど前でしょうか」

一カ月。

記憶を失くしたシェルニアが修道院に入ったのは、確かその頃だったはずだ。

あの時は彼女の動向などまったく気にも留めなかったがために聞き流していたが、少しずつパズルのピースがはまっていくような気がした。

「偶然ここに流れついたのか」

「ええ、本当は南の修道院に行くつもりだったとうかがいました」

シェルニアは、アルベルトにとって目の上のたんこぶのような存在だった。

父も母もアルベルトよりもシェルニアを褒《ほ》めたし、自分に自信がないアルベルトとは違って、シェルニアは完璧だった。

王子としてそんな婚約者を持てたことは喜ばしいことだったかもしれないが、ただのアルベルトにしてみれば、可愛げのない相手でしかなかった。

クロエとの出会いは運命的だったとはいえ、心の隅ではシェルニアが取り乱す様を見られるかもしれないという期待もあった。

そんな淡い期待は、シェルニアのクロエに対する堂々とした態度で早々に打ち砕かれた。

動揺ひとつ見せずにクロエとアルベルトの仲を認めたシェルニアは、ふたりの仲を後押しする余裕まであったのだから、アルベルトにとってシェルニアは最後の最後まで可愛げのない婚約者だった。

そんな苦い思いでしかない元婚約者を思い出させるレインだったが、同時にいつからかクロエに対するものとは違う穏やかな気持ちを、アルベルトはレインに抱いていた。

記憶を失くす前のシェルニアが、最後に残した手紙。あれほど苦しんでいたシェルニアが、今は幸せそうに笑っている——そんな幻想を抱かせるレインの笑顔は、元婚約者に対する罪悪感を軽くしてくれる気がした。

「あの様子だと、ずいぶん打ち解けたようですね」

アルベルトと一緒にレインたちの様子を見守るメイドが頬《ほお》をほころばせる。

「そのようだな」

足を崩して座っていても、レインは姿勢がよかった。

手に持った食べ物を口に入れる時に大口を開けることもなければ、子供たちに差し出されたものを口からこぼすこともない。ひとつひとつの動作に気品が漂っていて、隠せない育ちのよさを感じた。

「さ、アルベルト様も少し休憩してください」

アルベルトにお代わりの紅茶を淹《い》れたメイドがそう言って窓の外に向いたままのアルベルトに声をかけた。

「君が話し相手になってくれるならそうしよう」

アルベルトが皆まで言わずとも、メイドは察した様子で笑顔を返した。

言葉がなくとも仕える主人やその客人の機微《きび》によく答えられるメイドのようで、ストヴァルがよく彼女を呼びつけている理由がよくわかった。

今もこうしてアルベルトの身の回りを片づけつつ、声なき質問に答える姿はメイドにしておくにはもったいない気遣いのできる女性だった。

「記憶がない……と」

「ええ。ストヴァル様がおっしゃるには、名前と持ち歩いていた手紙に書かれていたこと以外わからないそうです」

その言葉で、レインは奇跡的にひとり生き延びてストヴァルに助けられたのだとアルベルトは察した。目指す目的地への同行者がもしひとりでも生きていたのなら、彼女がユソルロに暮らすこともなく、アルベルトがシェルニアを思い出すこともなかったかもしれない。

「移動中に襲われて危ないところを、ストヴァル殿が助けたわけだな」

「おそらくそうですね」

メイドとの会話を通して、アルベルトはやっと自分がシェルニアにどれだけ興味を抱いていなかったかを気づかされた。

自分との婚約がなくなっただけで、シェルニアがその後結婚できないとは思わなかったアルベルトは、彼女が記憶を失くす対価として長く美しい髪を切ったという話も、視力を失くしたという話も、この時まで信じていなかった。どうせすぐに新しい夫となる男を見つけてなに不自由なく過ごしているだろうと決めつけていたのだ。

心臓が嫌な音を立てる。

「あの子が来てから子供たちも楽しそうです」

そう言って笑うメイドは、レインの母というよりは年若いものの、小さな子供がいてもおかしくない年齢のせいか、母性溢れる表情をしていた。

その横顔に釣られて外を見ると、レインは子供たちとしゃがみ込んで話をしているようだった。土すらも触ったことがないような、汚れを知らないシェルニア。

喜怒哀楽を見せ、少しずつ周りの信頼を得ているレインがシェルニアかもしれない――いや、シェルニアに違いないとわかっていながら、アルベルトは遠い彼女の姿を見つめた。

「レインはどんな女性なんだ？」

外気を遮断《しゃだん》した温かい部屋で湯気の立った紅茶に口をつけたアルベルトは、時間つぶしも兼ねてメイドに尋ねた。

あまり外に出ないこともあり、アルベルトは王都にいた頃では考えられないほど、噂や自分の周囲のことに無頓着なままユソルロで過ごしていた。

まだ戦火の傷も癒《い》えていないこの地域では生きることばかりに意識を向けなければならないためか、王都のような煩《わずら》わしい噂話やお茶お菓子代わりのような陰口を叩くような住民はほとんどいない。

紛争の多い土地柄のせいか気性の荒い者は多いが、その分気に食わないことがあればその場で口にしたり、逆に嬉しいことは手放しで喜んだりするほうが多く、アルベルトははじめこそ直球で伝えられる言葉の数々に翻弄《ほんろう》されたものの、今ではユソルロのほうが過ごしやすいとさえ感じていた。

王都では常にお互いを牽制《けんせい》し合い、足の引っ張り合いが起きるのに対して、ここでは誰もが協力し合って日々を過ごし、厳しい生活を乗り切っている。

そんな住民たちが、突然現れたレインに対してどう思っているのか。

窓から見る限りでは早々に受け入れられているように見えたレインのことを知りたかった。

――一度、レインに会ってみたい。

アルベルトのことも貴族であったことも、すべての記憶を失くしたことで新たに形成された人格や、シェルニアとの違いを、アルベルトは無意識に探していた。

「そうですね……レインは誰にでも好かれて、いつも笑っています」

「それは見ていればわかる。彼女はいつも人の輪の中心にいるな」

そう言ってアルベルトが思い出すのは、やはり子供たちに囲まれて世話を焼かれる姿だった。

シェルニアとレインとの決定的な違いとも言えるその情景は、アルベルトにとって忘れられないものだった。

「自分に関することはほとんど忘れてしまっているようですが、彼女は私たちの知らない様々な知識を持ち合わせているようです。なにか困りごとがあれば、今ではみんなレインに頼るんですよ」

わずかに微笑んだメイドは、エプロンの上で組んでいた手をアルベルトに見せるように広げた。

水仕事や力仕事をしているからか、皺《しわ》やシミの目立つ手を見ながらメイドは続けた。

「醜《みにく》い手でしょう」

アルベルトはすぐには答えられなかった。

王都にいた頃なら、お世辞を言い連ねてごまかしてしたかもしれない。けれどここは王都ではない。王子としてではなく、ただのアルベルトとして扱われている今、なんと答えたらいいか迷った末に口を開いた。

「王都にいた頃なら醜《みにく》いと一蹴しているだろうな」

自分で答えておきながら、なんとひどい回答だとアルベルトは顔をしかめた。

王宮でなにもかもを持っていたアルベルトは、貴族たちに対してはいい顔をしていたものの、側仕えをはじめとするメイドたちのことは気にしたことがなかった。

下の者を見下していたわけではないものの、決して交わることのない者たちとの交流をする気はあの頃のアルベルトにはなかった。

「貴族の方は醜《みにく》いものを視界に入れたがりませんから」

メイドはアルベルトの率直な物言いに物怖じすることなく肯定すると、エプロンの下で手を組み直す。

その言葉はアルベルトに対してというよりも、貴族に対しての諦念が滲《にじ》んでいるようだった。

「ストヴァル殿を見ていればその考えは浅はかだと今ならわかる。見た目は確かに醜《みにく》いかもしれないが、私たち王族をはじめ、貴族という権力の笠を着た者たちを影ながら支える美しい手だと思う」

そう言ってアルベルトは、メイドが隠すようにしまった手をエプロン越しに見つめた。

王宮から出たことで、アルベルトの意識は少しずつ変わりはじめていた。

その日からますます、時間さえあれば窓の外を見るようになった。

レインの顔を見るたびに、シェルニアのことを思い出す。

今日は濃いグリーンの服を着たレインがマリーとともにベンチでお茶をしている様子が目に入った。

レインの膝の上を取り合う子供たちに浮かべる困った笑顔は、アルベルトがよく見ていたシェルニアの表情にそっくりだった。

クロエと初めて会ったパーティー会場でも、シェルニアは同じような笑顔を浮かべていたなと物思いに耽《ふけ》る。

誘いを待っているだろうシェルニアへの嫌がらせのように、エスコートを申し出なかったあの日のことを、アルベルトは思い出していた。

一言でもシェルニアから求められればエスコートしてやろうと思っていたアルベルトの気持ちも知らず、父親にエスコートされて現れたシェルニアはエメラルドグリーンのドレスを着て会場の視線を奪った。

それまで自分に向いていた関心をすべて奪っていった彼女を見たアルベルトは、贈った記憶もないそのドレスを隣の貴族に褒《ほ》められて、その場で話を合わせてごまかした。

結局面と向かって一度も褒《ほ》めることがなかったが、シェルニアの瞳と髪色によく似合っていたドレスはアルベルトが選んだものだと噂になり、一時的にエメラルドグリーンが貴婦人の間で流行色となった。

「アルベルト様、本日はお休みになられては？」

「ああ……」

ぼうっと過去を思い出しながら窓の外を見るアルベルトに気を遣ってメイドが声をかけた。

アルベルトがレインを通して元婚約者へ思いを馳《は》せているとは知る由もなく、仕事に集中できないでいる様子をメイドは疲れているからだと勘違いしているようだった。

「本日はストヴァル様も戻られませんし……」

「ああ、今日は先発隊と合流すると聞いている」

窓の外では攻防の末に自分の両側から抱きついた子供たちを、レインが両手でその背中を撫でながらなにか話しているようだった。

キラキラと輝く子供たちの笑顔に、アルベルトはレインがどんな話をしてやっているのか気になりつつも、窓を開ける勇気は出なかった。

十年。

ともに過ごした時間の中で、シェルニアの笑顔を見た数を思い出せば両手で足りてしまう。

そんな彼女のことを思うと、アルベルトはクロエに会いたくて仕方なかった。

翌日の朝、アルベルトは久しぶりにクロエに手紙を書くことにした。

仕事の合間にクロエの愚痴《ぐち》だらけの手紙を読むことに疲れていたアルベルトは、すっかり筆が遠のいていたことを詫びるところから書き出した。

ここに来てすぐに出してから、アルベルトが送った手紙の数は十にも満たない。

クロエからはほぼ毎日届いていた手紙はろくに読むことなく、自分の近況とクロエを激励《げきれい》する上滑りな言葉を書いて返していたことを思い出す。

王妃がひどい、侍女がひどいと訴えるクロエの手紙には、アルベルトにどうにかしてほしいというあからさまな願いが透けていた。

クロエの教育は王妃が一任されている。

王は国を代表する主君であり、その王の伴侶として君臨する王妃もまた国母として国を代表する女性だ。王子であるアルベルトに口を挟む権利はない。

自分のことで手がいっぱいだったとはいえ、ひとり王宮に残してきたクロエに対してひどいことをしてしまったと今さら後悔し、アルベルトは心を込めて手紙をしたためた。

本来は眠っているべき時間すら勉強にあてられているだろうクロエを思うと、幼い頃施された王妃直々《じきじき》の教育を思い出す。

今でも恐ろしかったと断言できるあの時間をクロエは耐えられるのだろうかと不安を抱きながら、自分が選んだ相手を信じたい気持ちもあってアルベルトは見て見ぬふりをした。

心のどこかでクロエでは無理かもしれないという思いもあったが、シェルニアを捨てたアルベルトがクロエ以外を娶《めと》ることは大顰蹙《だいひんしゅく》を買うに違いなく、そんな選択肢はとうの昔になくなっていた。

あれだけ楽しみにしていた王族のパーティーにも行けず、クロエと仕立てたタキシードは奥のほうにしまわれて出番を失くしていた。

流行遅れになる前にふたりでそろいの衣装を着られるだろうか。

ストヴァル、それから彼がそろえた部下の優秀さを思えば予定よりも早く王都に戻れそうではある。

自然が相手なこともあり油断はできないが、ユソルロを蝕《むしば》んでいたという貴族たちの処分があらかた済んだおかげなのか、街はずいぶん活気づいてきている。

アルベルトはできるだけ早くクロエに会いたいとしたためて、便箋《びんせん》を三つ折りにした。

手紙を書き終えてから、アルベルトはクロエからの手紙が入った箱を開いた。

一番新しいものは一週間ほど前に止まっていたが、構わなかった。

教育が厳しくなったせいで手紙を書く時間もないのだろう。きちんと読み返そうと思い、一番新しく届いた手紙を手にとった。

内容は予想通り教育についての愚痴《ぐち》からはじまっていた。

アルベルトに会いたいと締めくくられているものの、内容は陳腐《ちんぷ》で目が滑るのが嫌でもわかった。

昔と違って矯正された文字はクロエの特徴をほのかに残してはいたが、知らない女性のもののように感じた。

丸く、お世辞にも綺麗とは言えないクロエの文字が手紙を開くごとに現れるのを、アルベルトはどこかほっとした気持ちで見ていた。

可愛らしい丸い字が王妃となるべく美しく矯正されていくことを喜ばなくてはいけないと思いながら、クロエ自身がシェルニアのように嫌な女へ変貌していないかと不安に思ってしまう。

メイドにも厳しくされて心細い様子を綴《つづ》るクロエに対して、アルベルトがしてやれることはなかった。

お互いに頑張らなければ婚約すらできない身分だと受け入れたはずのクロエの愚痴《ぐち》は、アルベルトの心に鋭く刺さる。

自分の不甲斐さを指摘されたような気分になって、早々にアルベルトはその手紙を閉じた。

上側に置いていた手紙を無視して、アルベルトは中ほどから封筒を取り出した。

手にとったのは、出会ったばかりの頃、クロエに初めてカードを送ったアルベルトに対する長文の手紙だった。

最近の手紙とは違う特徴のある丸い字は、アルベルトを慕っていてくれたクロエらしい、可愛らしい文字だった。

はじめからアルベルトのことが大好きだと隠すことなく綴《つづ》られている。

夢見ていた王子様だとアルベルトを慕うクロエの純真な言葉は、弾けるような彼女の笑みを思い出させるには十分なものだった。

「クロエ……」

クロエと話すのは楽しかった。

初めて会った時からクロエはアルベルトの心を掴んで離さなかった。

アルベルトの言葉ひとつとっても、「知らなかった、アルベルト様はすごい」と賞賛して目を輝かせるクロエとは、どんな話でも盛り上がった。

シェルニアを気遣いつつ、それでもアルベルトを慕っていると伝えてくる彼女のいじらしい文章を読めば読むほど、クロエへの愛しさが募る。

そうして温かくなった心のままに、アルベルトは目についた手紙をまたひとつ手にとった。

封筒に書かれた、美しく整った字を見て、アルベルトはすぐにそれがクロエのものではないことに気がついた。

それは、あのシェルニアからの手紙だった。

薄い水色の便箋《びんせん》に綴《つづ》られた文字は、手本のように美しい。

アルベルトは誘われるようにその手紙を目を落とした。

あれほど嫌っていたはずのシェルニアからの手紙だというのに嫌悪感はなかった。

「初恋……か」

一度読んだはずのシェルニアの本心に、アルベルトは今初めて向き合った気がした。

最後にシェルニアと対面した時の様子を思い出しながら、アルベルトは手紙を読み進める。

彼女がどれほどの覚悟で自分の記憶を失ったのか。

アルベルトはその時ようやく理解できた。

それと同時に、レインと会ってみたいと思っていた気持ちをぐっと我慢しなくてはならないことに気づかされた。

レインがもしアルベルトと出会ってしまえば、彼女はきっとまた恋をするだろう。

アルベルトは傲慢《ごうまん》にも、勝手にそう思っていた。

そのまま彼女の言葉を最後まで読み進めて、アルベルトはその手紙を引き出しの奥にしまい込んだ。クロエの手紙と同じ場所にしまうことは憚《はばか》られたからだ。

もうクロエの手紙を読む気にはなれず、アルベルトは別のことをしようと席を立った。

仕事をして、シェルニアの手紙の内容を忘れてしまいたかった。

クロエがいる以上、ほかの女性のことを考えるのはまずい。わかっているはずなのに、頭を過《よぎ》るのは子供たちと笑うレインの笑顔だった。

資料を開いても、書類に書き込もうとペンを握っても、レインの笑顔とシェルニアが重なって、どうしても集中できない。

自分が好きなのはクロエだと言い聞かせるように頭を左右に振って、レインとシェルニアを自分の頭の中から追い出そうとした。

クロエの、最愛の声を思い出そうとしてみたが、アルベルトはクロエの声を思い出せなかった。

それならと笑顔を思い浮かべてみようと試みる。

屈託のない笑顔を浮かべるクロエを思い出し、アルベルトは安心した。


窓の外のレインを見ることが日課になりつつあったある日。

その日も、彼女は穏やかに笑みを浮かべながらマリーと歩いていた。前をストヴァルが歩き、時折振り返って話題を振る。彼の言葉を受けて口に手をあてて笑うレインに、アルベルトはしばらく見とれていた。

すっかり窯《かま》も完成して、離れだった場所はマリーたちの住居にもなっているようだった。

ストヴァルは時間を作って顔を出しているようで、毎日進捗をアルベルトに教えてくれていた。

「レインが気になるのか？」

ストヴァルはなにか勘づいているかのような表情でアルベルトに問いかける。

詳しく話したわけではないのに、ストヴァルはアルベルトのことをよく見ているようで、ささいな変化にもよく気がついた。

突然の一言に虚《きょ》を突かれたアルベルトは、取り出そうとしていた過去の資料に手をかけたまま動きを止める。

「そんなに顔に出ていましたか」

ストヴァルはおかしそうに笑ってみせた。

見ていればわかると言いたげな表情のストヴァルに、アルベルトは自分の顔がどんなことになっているのか不安になった。

王宮では表情を悟られまいと常に気を張っていたが、ユソルロに来てからすっかり表情を取り繕うことを忘れていた。

王族にとって自分の考えを悟られることは一番危険なことだと、物心ついた時から王妃によって教え込まれていた。

常に誰かがいる状態で、唯一ひとりでいられる自分の部屋ですら気が休まらないでいた。

アルベルトのことをよく思っていない貴族たちは小さなことでもアルベルトを批判した。

アルベルトが小さい頃はゴマをすって寄ってきた貴族たちは、自分たちの意のままに操ることができないと知ると手のひらを返した。

そんな貴族たちにアルベルトは不信感しか抱けなかった。

けれどユソルロにやってきたアルベルトは、ストヴァルをはじめとする住人たちの飾らない姿に感化されたのか、次第に自分らしい表情を見せるようになっていた。

アルベルトにとってこの地は、王子ではないただのアルベルトでいられる場所だった。

「レインが忘れた記憶は、なんだったんだろうな」

「気になるんですか？」

「一番彼女のことが気になるのはアルベルト、お前だろう？」

ストヴァルの本心を探ろうとしたアルベルトは逆に指摘されて言葉を失った。

ずっと窓の外から見ているだけだったアルベルトは、仲良さげにレインと話すストヴァルが彼女をどう思っているのか、気になって仕方がなかった。

恋人を王都に待たせている身でありながら、レインが気になってしまう。それをアルベルトは、彼女がおそらく元婚約者のシェルニアであるから仕方がないのだと言い訳をしていた。

「そうですね」

「ずっと見ていただろ、その窓から」

まさか気づかれているとは思っていなかったアルベルトは、ストヴァルの言葉に目を丸くした。

窓から何度かストヴァルの姿を見ていたものの、一度も目が合わなかったはずの彼が気づいているとは思いもしなかった。

「あれだけ熱心に見ていたら嫌でもわかるさ」

「そう……ですね」

言い訳をする気にもならず、アルベルトはストヴァルの言葉を肯定した。

「そんなに似ているのか、彼女は」

ストヴァルの問いが誰を示しているのか、名前を出さなくても明白だった。

レインは、仕草ひとつひとつが見れば見るほどシェルニアにそっくりだった。

あまりシェルニアのことを見ていなかったアルベルトが知る数少ない彼女の癖を、レインは無意識にしているようだった。

本を読む合間に髪を耳にかける癖を知ったのは偶然だった。

付き合いだけのパーティー会場でシェルニアと並んで貴族の相手をしていたアルベルトは、話の流れでどうしてもシェルニアと新しい紅茶の店に行くことを約束しなくてはいけなくなった。

行く気がしないものの、話しかけてきた貴族をないがしろにすることもできず、かといって時間通りにシェルニアとの待ち合わせ場所に行く気になれなかったアルベルトは、わざと時間を遅らせて彼女を待たせた。

一時間は遅れて待ち合わせ場所についたアルベルトは、ベンチに座って本を広げるシェルニアを遠目に見つけた。

ひとり静かに待つ彼女はまだアルベルトに気がついておらず、ページをめくり、髪を耳にかけた。

その仕草をなぜか、アルベルトは忘れられないでいた。

「全然、違うはずなのに……」

アルベルトは独り言をこぼした。

喜怒哀楽を隠すことのないレインはシェルニアとまったく違う。

それでもアルベルトは、レインがシェルニアであると本能的に確信していた。

「彼女と話をしないのか？　もしかしたら、本当にその元婚約者かもしれないぞ」

ストヴァルに問われてアルベルトは力なく首を横に振った。

「……別人でしょう。私が知る元婚約者とは似ても似つかない」

「そうか……お前が言うならそうなんだろうな」

今さらシェルニアだとわかったところで、アルベルトはシェルニアに会いたいとは思わなかった。

それゆえにアルベルトはシェルニアとレインを切り離そうとした。

昨夜読み返した手紙に書かれた、シェルニアの三つの願いが頭を過《よぎ》る。

貴族としての人生を犠牲にしてまで記憶を失った彼女が残した願いを叶えられないほど、落ちぶれたくはなかった。

シェルニアは気に食わない相手ではあったが、それはアルベルトとの相性が悪かっただけで、彼女自身に悪いところはひとつもなかったとアルベルトは本当は知っていた。

知っていたがゆえに、理解したくなかっただけだった。

息苦しい貴族社会を感情ひとつも見せずに渡り歩いてみせる同い年のシェルニアが、アルベルトよりもずっと完璧な王族にふさわしい器であったことを。

「それに……私は、誰に知られても責められるほどひどいことをシェルニアにたくさん行いました。

今さら会わせる顔がありません。ましてやレインが本当にシェルニアなら、記憶のない今の彼女にかけられる言葉など、なにもありません」

ユソルロについてから、アルベルトは少しずつ冷静さを取り戻しつつあった。

あれほどクロエばかりに取り憑かれていた思考もすっかりまともになり、たとえ気に食わない相手とはいえシェルニアへの態度は許されないものだったと、今なら反省ができるほどだった。

「……」

アルベルトの懺悔《ざんげ》にも似た言葉に、ストヴァルはなにも返さなかった。

「そんなことより貴方はどうなんですか？」

アルベルトは自分ばかり相談をしていることに気がついて、ストヴァルへの疑問を口にした。

「ああ……」

短く返事をして、ストヴァルは肩をすくめた。

男の自分から見ても魅力的だと断言できる男が、なぜ縁談のひとつもなく過ごしているのか不思議でならない。そんなアルベルトの純粋な視線に、彼は大きなため息をついてから口を開いた。

「この地が恐ろしいんだと、それに俺は顔に傷もある」

「ああ……」

ストヴァルはそう言って自分の古傷に触れた。

ここに来てから忘れていたことを、アルベルトは思い出していた。

傷のある者ばかりに囲まれていることもあって、すっかり忘れていた貴族としての在り方を。

噂話と美しさばかりを追及し続ける、歪《ゆが》んだ貴族たちの在り方を。

「時々物好きな令嬢もいたが、薄暗く不便ばかりの場所と知ればすぐに逃げ去る」

「それは目当ての貴方がいつも屋敷にいなかったからでは？」

「客人を相手にするのはあいつのほうが適任だ」

ストヴァルが言うあいつ、ディザードを脳内で思い出してアルベルトは同情した。

喰えない笑顔と柔らかい物腰でわかりにくいが、令嬢たちの身勝手さに怒りを携えながら接するディザードがストヴァルへ小言を言うまで簡単に思い浮かんでしまう。

「ユソルロが落ち着けば、そんなこと言っていられませんよ」

普段兄のように振る舞うストヴァルが弱った表情を見せていることで、アルベルトは得意げにそう口にした。

言葉を交わせば交わすほど魅力的で、不幸を背負うストヴァルに幸せになってもらいたかった。

「そうは言ってもこんな辺鄙《へんぴ》な場所で過ごしたいという令嬢はいないだろう」

「別に令嬢でなくても構わないでしょう」

「しかし……」

「この街に必要なのは高貴な血筋ではなく、貴方に寄り添い、民の声を聴ける人だ」

アルベルトが言いきるとストヴァルは一度口を開いたものの、戸惑った表情を浮かべた。

――相手がいないわけでは、ないんだな。

迷っている、と断言できるほど明らかな態度にアルベルトは追撃した。

「いい人がいるなら、今のうちに囲ってしまうべきですよ。貴方が功績をあげたら父を筆頭に次々と縁談を持ち込むでしょう。そうしたら、貴方も断れなくなるに決まってる」

「見てきたかのような口振りだな」

「それはもちろん」

幼い頃から先手を打たなければ相手に出し抜かれると、なかば無理やりに決められる婚約や契約を見てきたアルベルトだ。そのなんとも言えない笑顔に、ストヴァルは引きつった笑みを浮かべた。

「考えておく」

それだけ言うとアルベルトの肩をひとつ叩いて、ストヴァルはまとめた書類を手に部屋を出ていった。

ひとり残された部屋は、途端に静まりかえる。

いつもならいるメイドも出払った執務室は自分の呼吸以外なんの音もなく、少しずつ近づいてくる雪の気配がした。

窓の外を見ると、またシェルニアのことが頭を過《よぎ》る。

「謝ることもできないのか……」

後悔は、一度自覚するとアルベルトの胸の奥をじわじわと炙《あぶ》る炎になって居座った。

記憶のないレインにかける言葉がないと口にしたことで、アルベルトは自分がシェルニアを失くしたことを今さら自覚した。

アルベルトに縋《すが》る隙さえ与えないシェルニアは初めて会ってからも去り際も、完璧なアルベルトの元婚約者だった。

その日も窓を閉め切った執務室にアルベルトはいた。

外からは子供の声が聞こえていて、つい視線が窓に引き寄せられてしまう。

見るべきではないと反発する心と、レインが、自分の元婚約者であるシェルニアがどう過ごしているのか気になる自分と戦いつつ、アルベルトは雪の季節を迎える準備を整えるために予算と備蓄《びちく》をチェックしていた。

ストヴァルが用意していた備蓄《びちく》は予算の関係もあって毎年ギリギリだったが、今年は回収できた貴族たちの私財もあって、民たちへの炊き出しも定期的にできるほど余裕があった。

長年の戦争で家のない者や、逃げてきた隣国の人々が暮らす家も全員分とはいかないもののずいぶんと立ち並びはじめ、街は着実に活気づいてきている。

目の前の課題を協力して乗り越えつつも厳しい冬の季節を迎えるには、いくらあっても時間が足りない。そんなジレンマに悩まされながらも、アルベルトは王族のパイプを生かして木材を中心にできるだけ材料を運び込ませたりと、自分の利点をうまく使って道の整備などに日夜奔走《ほんそう》していた。

近頃は馬に乗ってストヴァルと残党を追うこともあり、アルベルトは王都では絶対にやらせてもらえないことも経験している。自分勝手だった思考や幼稚《ようち》な一面はすっかり鳴りを潜め、冷静な采配を振るうアルベルトを評価する貴族も増えつつあった。

王都で暮らしていた世間知らずの王子は、人の噂や目線に怯《おび》えることのない立派な王子へ成長しつつあった。

アルベルトが与《あずか》り知らないところでは王都に戻ってきてほしいという声も上がっており、その反面、クロエの評判は着実に悪いものばかりが広がっていた。まだ発表されていないはずの婚約者への批判は、ついに王からアルベルトにも伝えられるまでになっていた。

アルベルトは、王からの知らせにひどく驚いた。

クロエからの手紙では王妃教育は順調で、すぐにでも結婚できそうだとまったく真逆のことが書かれていた。

王都にいた頃のアルベルトならば、王の知らせを破り捨ててクロエを妄信していただろう。しかしユソルロの地で成長しつつあるアルベルトは、自分の目で見ていないクロエの状態になんとも返事をできなかった。

王には王都に戻ってから考えると返事をしつつ、クロエへの返事は当たり障りのない言葉を選んだ。

クロエへの愛情が消えたわけではない。

けれどシェルニアとの婚約をやめた日のような情熱的な感情はすっかり静まっていた。

ぽつりと窓を打つ音に、アルベルトは顔を上げる。

執務室で計画書を作っていたアルベルトは、ペンを持ったままグレーの雲で覆われた空を見上げる。

雨よりも雪を降らせそうなほど暗い灰色をした雲は、本格的に冬が近寄ってきているのを伝えるようだ。

じっと、なにをするでもなく雲を見ていたアルベルトは、予想通り降り出した雪にペンを置いて窓に近寄った。

王都の冬は、寒さは感じるものの年中ほとんど気候が変わらないのに対して、山をふたつ超えたこの地では氷点下を下回る月が三カ月にも及ぶと聞いている。

アルベルトは、雪を見ようと窓を開けた。

びゅうと、普段は分厚いガラスに遮断《しゃだん》されて聞こえない音とともに冷気をまとった風が部屋に入り込んで、肩を震わせる。

温かい部屋に入り込んだ風は、室内で日々を過ごすアルベルトの体温を簡単に奪い取ってしまうほど冷たい。

それでも窓から身を乗り出すようにして、アルベルトは雪の降る空を見上げた。

雪を見るのは初めてだ。雪は音を吸い取るのだと、以前読んだことのある言葉が頭を過《よぎ》る。

普段なら騒がしい声もなにも聞こえない外の世界は、アルベルトの知らないユソルロの冬を一足早く体験させるような静寂に包まれていた。

手を窓から差し出してみる。

アルベルトの手に触れた瞬間、雪は冷たい水に変化して、あっという間もなくアルベルトの手は赤くなった。痺《しび》れたように感覚がなくなった手に驚いたアルベルトは、すぐに手を引っ込めて窓を閉じようとした。

その時だった。

「……シェ、レイン？」

白に染まりつつある街の真っただ中で、彼女は膝をついて座り込んでいた。

防寒具を着ているとはいえ、遠目からでもわかるほどレインは震えていた。彼女は珍しくひとりで雪景色の真ん中で座り込んだまま動かない。

もしかして、とアルベルトの頭にひとつの予感が過《よぎ》る。

目の見えない彼女が怪我をして、動けずにいるのではと思い至ったアルベルトは、慌ててコートをひっつかんで外へ飛び出した。

「アルベルト様⁉」

背中にかかるメイドの声も無視して、アルベルトはレインのもとへ急ぐ。

シェルニアはひとりで行動をしたり怪我をしたりするような迂闊《うかつ》な真似《まね》は絶対しなかったのにと、そんなどうでもいいことを考えながら、アルベルトはレインのそばに駆け寄った。

「……大丈夫か⁉」

アルベルトはうずくまって動けないでいるレインに声をかける。

ひとまず自分のコートをレインに頭からかけて、これ以上濡れないようにする。

突然頭から布を被せられたレインは戸惑ったような声を上げたが、アルベルトは構わず彼女に怪我がないか確認した。

「怪我は？　動けるだろうか」

寒さで色を失った唇や、血色のなくなった肌を覆い隠すようにしながら、アルベルトはレインの返事を待った。

初対面ということはすっかり頭から抜け落ちていて、レインがなかなか返事をしてくれないことにアルベルトは柄にもなく焦っていた。

時間が経てば経つほど濡れた服がレインの熱を奪い、ますます彼女の肌を白く、唇を紫色に変化させていく。

女性の体に触れることに抵抗を覚えつつ、早く温かな場所に連れていってやりたくてアルベルトはぐっとレインとの距離を詰めた。

「すまない、触れるぞ」

座り込んだままのレインに近寄って、アルベルトは一言声をかけた。

「このままでは風邪を引く、部屋に運ぶから暴れないでくれ」

「きゃあ！」

アルベルトは自分のコート越しにレインを持ち上げた。

困惑した声を上げたレインを無視して、両腕にぐっと力を入れる。

剣術は苦手とはいってもそれなりの鍛錬は積んできたアルベルトにとって、細すぎるレインはトレーニングに使う重りよりもずっと軽かった。

「あの、歩けます！　降ろして」

「話は後で聞く。大人しくしてくれ」

驚き抵抗するレインを無視して横抱きにしたアルベルトは、落とさないように慎重になりつつも急ぎ足で屋敷へ向かった。

屋敷に入ってすぐ、アルベルトはタオルを抱えたメイドに迎えられた。

「客室をひとつ用意しております」

「ありがとう、すぐに案内してもらえるか？」

「ええ、こちらです」

そう言ってメイドはレインにかけられたアルベルトのコートをタオルと交換して受け取る。

抱えられたままのレインと短く問答をした後、冷えきった体に大判のタオルをかけると、レインはやっと安心した表情を見せた。

「今、医者を呼びに行かせております」

「助かる。よくわかったな……」

レインを抱えたまま苦笑いを漏《も》らしたアルベルトに、メイドは足を止めることなく答えた。

「とても急いでおいででしたから……」

言われてすぐ、外に飛び出す時に声をかけられたことを思い出した。

「気が動転していて、すっかり気がつかなかった……」

そう答えたアルベルトに、メイドは飛び出していった時の慌てぶりを思い出してひとり笑いを噛み殺した。

「お湯も沸いております。レインには私たちが普段使っている場所を用意していますので、アルベルト様は先にお湯浴みされたほうがよろしいかと」

メイドに促され、アルベルトはいまだに震えているレインを一瞥《いちべつ》する。自分がいなくなるまで彼女も動けないだろうと思い、すぐに浴室に向かった。

「あの、ありがとうございます」

「……ああ」

立ち上がる気配を察したらしいレインが、背中を向けたアルベルトに礼を告げる。

振り返らなくてもわかるほど寒さに震えた声音に、アルベルトは短く返答した。

我に返った今、面と向かってレインにかける言葉をアルベルトは持っていなかった。

浴室についてすぐ、アルベルトは濡れた服のままシャワーのレバーを捻《ひね》り、凍りつきそうなほど冷たい水を頭から浴びた。

レインの間近に近寄ったことで、アルベルトは彼女がシェルニアであることを確信するとともに、ひどく興奮していた。

あれほど興味がなかったはずのシェルニアが弱り果てて、アルベルトが手を貸さなければ死んでしまいかねない状況でいたことに、仄暗《ほのぐら》い喜びが湧き上がっていた。

もしも彼女が記憶を失くす前のシェルニアであったなら、なんの問題もなくこの雪の季節を過ごしていたことは簡単に想像できた。

貴族令嬢であるシェルニアがひとりになることはありえないことで、それでも万が一ひとりになったとしても、彼女なら雪の降りはじめた寒空の下で佇《たたず》むことも、足を挫《くじ》くこともなかったはずだった。

ひとり雪をかぶり、あの無表情とも言える澄ました顔でメイドたちに世話を焼かれるシェルニアなど、その姿を見るか口伝えで聞きでもしたら、アルベルトは顔をしかめていただろう。

そんな誰かに助けを求めることもなくひとり立っているところしか想像できなかったシェルニアが、子猫のように震えて助けを待つ……そんな姿に、アルベルトは言いようのない感情を抱いていた。

頭から水を浴びなければ爆発しそうなほど頭が沸騰《ふっとう》していたせいで自分がレインと同じように冷え切っていたことも忘れ、アルベルトは感覚のなくなりつつある指先や足先を、他人事のように感じていた。

「アルベルト様⁉」

濡れて張りついた服も気にせず冷水を浴びてじっとしているアルベルトに、様子を見に来たメイドは悲鳴を上げた。それから用意していたタオルや着替えを放り出す勢いで浴室に入り、すぐさまシャワーのレバーを締める。

「一体なにをなさっているのですか！」

「……ああ」

突っ立ったまま動こうとしないアルベルトは、数秒経ってからメイドの言葉に返事をした。

誰が聞いても心ここにあらずという様子のアルベルトは、下を向いたまま動こうとしない。

「服をお脱ぎください、お手伝いいたします」

「いい……下がってくれ」

見るからにおかしな様子を不思議に思いながらメイドが服に手をかけたが、アルベルトは弱い力で振り払う。

主人とも言える彼に退出を指示されれば、メイドは浴室から出ていくしなかった。

短い退室の言葉とともにメイドが下がる音を聞いてから、アルベルトは静かに濡れた服をその場に脱ぎ捨てた。

ひどく、自分でも歪《ゆが》んでいるとわかっている顔を誰かに見られるわけにはいなかった。

冷水のせいかうまく動かない足を無理やり動かして、アルベルトは湯気の立つ浴槽に足を踏み入れる。

ジンジンと痛みを感じる足から順に肩まで浸《つ》かる際、水面に映る自分のひどく歪《ゆが》んだ表情を見つけて、アルベルトは水面を波打たせるように両手を浴槽に沈めた。

波紋が広がると余計に歪《ゆが》む自分の口元は、醜《みにく》い気持ちを抱く自分の本当の姿を示すようで、恐ろしさに体が震えた。

身動《みじろ》きすると波紋は小さな波になって、水面に映るアルベルトの表情は静かに消えていく。

「こんなにもシェルニアを……」

自分自身の内側に秘めていた感情を目の当たりにして、アルベルトは目が覚めたような心地で呟いた。

今まで可愛げがないと、完璧だと思っていたシェルニアが弱っているのを見て、これほどまでに喜んでしまった。

そんな自分に気がつくと同時にひどい自己嫌悪に陥《おちい》った。

嫉妬《しっと》や羨望《せんぼう》などは、自分がされる側だとアルベルトはずっと思っていた。

国の王子として生まれてからアルベルトはなにもかもを手にしていたし、常に周りには人がいた。

望むものは手に入るし、容姿にも恵まれていたアルベルトにとって、嫉妬《しっと》も羨望《せんぼう》も常にまとわりついて離れることはなかった。

幼い頃から自分が特別だと思い込んでいたアルベルトは、今やっと自分がシェルニアを突き放した原因に気がついた。

記憶を失くし弱りきったシェルニアを助けたことで、長年抱いていた気持ちにアルベルトは気がつかざるをえなかった。

出会った時からシェルニアが自分よりも優秀であること、特別であることを、本能的に感じていた。

嫉妬《しっと》や羨望《せんぼう》といった感情を自分が抱くのを認められなかった幼い自尊心が、シェルニアを嫌うことで自分の心を守っていたことにアルベルトはようやく気がつき、認めることになった。

可愛げがないと突き放していたのも、完璧なシェルニアをそばに置くことで自分と比べられたくないがゆえの子供じみた癇癪《かんしゃく》だったとアルベルトは今になって気がつき、頭上を仰《あお》いだ。

今さら、シェルニアが欲しいと思っても遅い。

気がつけばもう、戻れない場所にアルベルトは立たされていた。

「レインをお呼びしてもよろしいでしょうか？」

自室に戻るとすぐ、アルベルトはメイドに声をかけられた。

「ああ」

席についたレインの前にも紅茶が置かれると、アルベルトはレインとふたりきりにされた。

「お礼が遅くなって申し訳ありません。助けていただきありがとうございました」

濡れた姿から着替えたレインはアルベルトがなにか言う前に深く頭を下げた。

「怪我は？」

「転んだ時に足首を少し捻《ひね》ってしまいましたが、二日ほど安静にしていれば治ります」

頬《ほお》を染めてうつむくレインは恥ずかしそうに服の裾《すそ》から包帯に包まれた右足を見せ、すぐに元に戻した。

彼女の表情からアルベルトは目が離せなかった。

今まで以上に、レインの一挙一動に目が離せない。

「アルベルト様？」

尋ねておいてなにも答えないアルベルトに、レインは不思議そうに小首をかしげた。

レインの声にアルベルトは弾かれたように反応する。

「……大事にならなくてよかった」

「本当にありがとうございました、アルベルト様」

彼女の目が見えないのをいいことに、アルベルトはレインを凝視したまま当たり障りのない返事をした。

まさか自分がずっと見られているとは知らず、レインはアルベルトの様子がおかしいことにも気がつかずに微笑んだ。

レインの笑顔に、アルベルトはぐっと奥歯を噛みしめる。

記憶が少しでも残っていれば彼女は微笑むことはおろか、表情ひとつ崩しはしないだろうと思っていたアルベルトにとってその笑顔は、喜びと同時に恐怖を抱かせた。

レインが自分に笑いかけてきたことによって、令嬢であったシェルニアが本当に消えてしまったことをまざまざと突きつけられた。

ひどく喉が渇《かわ》いて、ぬるくなった紅茶を勢いよく飲み干す。

まだ、レインがシェルニアだと認めたくなかった。

「どうしてあんなところにいたんだ？」

声が震えないように気をつけながら、アルベルトは動揺を悟られないようにレインに話題を振る。

レインはバツが悪そうな顔をした後、口を開いた。

「置き忘れてしまったバスケットをとりに行こうとして……バスケットに足を取られて、足を捻《ひね》って立ち上がれなくなってしまいました」

「人に頼まなかったのか？」

「場所も近かったので……」

「……なるほど」

アルベルトは縮こまった様子のレインにふっと笑い声をこぼした。

怒られると身を固くする彼女は、すでにメイドから何度も注意という名の心配を受けたのだろうと、アルベルトにはわかった。

幼い頃に悪戯《いたずら》をして怪我をした自分が部屋に戻った時、鏡に映ったのとまったく同じ表情を浮かべるレインは、まるで年相応には見えない。

「部屋を用意させているから、今日は泊っていくといい」

「はい……いろいろとありがとうございます、アルベルト様」

そう言ったレインはネグリジェにガウンを羽織っただけだったからか、わずかに体を震わせていた。

せっかく雪の中から助けたというのに自分が風邪を引かせてしまってはまずいと判断したアルベルトは、メイドを呼ぶために立ち上がった。

「風邪を引かせてしまうな。今日はもう休んでくれ、部屋を案内させる」

「……はい、そうします」

「ゆっくり休むといい……小言は聞き飽きただろう？」

「なぜ、それを？」

首をかしげるレインに、アルベルトは吹き出すように笑った。

目尻に浮かぶ涙を拭《ぬぐ》ったアルベルトが、幼い頃の自分と同じ表情をしていると話すと、レインの頬《ほお》に赤みが差す。

「アルベルト様はいじわるです。お話に聞く方と全然違います！」

メイドの介助を受けながら立ち上がったレインは、拗《す》ねたように声を上げた。

まるで年相応に見えない表情をするレインは初めて会ったアルベルトにも臆《おく》することなく、アルベルトは気分を害すどころか逆に気をよくして自室に向かった。

第四章

クロエは暗い森の中を、馬に乗って走っていた。

風が髪をなびかせ、心臓は高鳴り続けた。

「アルベルト様……！」

アルベルトに再び会いたくて、クロエはそっと呟いた。

彼女の心は、彼と一緒に幸せになりたいという強い願いで満ちていた。

それなのに。

「いたぞ!!　反逆者だ」

数多くの馬が走る音と怒声に追いかけられながら、クロエはどうしてこんなことになったのか考えながら必死に手綱を握り、迫る怒声に体を震わせた。


「一体どういうことなの！」

アルベルトがユソルロへ向けて出発したと聞かされたクロエは、信じられない気持ちで侍女のヴァニラを怒鳴りつけていた。

今日は朝からダンスと歴史学と語学を同時にこなす、いつもの過激な一日を過ごしたクロエは、短い休憩時間である睡眠前にアルベルトのことを伝えられて憤慨《ふんがい》していた。

顔を合わせて別れの言葉を告げることも、手紙ひとつすらもなく逃げるように旅立ったアルベルトに裏切られたような気持ちで、クロエはそばにあったクッションを力任せに投げつける。

「私はアルベルト様のためにこんなに努力して頑張っているのに……！」

湯浴みをし、侍女に髪を洗ってもらっていても、アルベルトへの愚痴《ぐち》は止まらない。

王宮についた時も出迎えすらしてくれなかったという過去のことまで掘り起こし、あれもこれもとあげつらねては当たり散らした。

「それに、最初は時間を見つけて会いに来てくださったのに、最近はほとんど私から訪ねるだけだったわ！　ろくに目を合わすことなく話半分なご様子だったし……」

次々とアルベルトへの不信感や不満が湧き出てきて、クロエは怒りに任せて小さな子供のように癇癪《かんしゃく》を起こしていた。

「もう、頭はいいわ！　早く体を洗ってちょうだい！」

イライラを隠すこともなく八つ当たりのように侍女に接するクロエに、ヴァニラは目をすっと細めた。

「クロエ様、癇癪《かんしゃく》を起こすのはおやめください。この王宮にいる間はいついかなる時でも誰かに見られています。ここにいる間は貴方も王族のひとりなのです。貴方の行動で、泥をかぶるのは王家全体なのですよ」

クロエの監督役でもあるヴァニラの言葉は、王妃と同等の力を持っていた。

ちっと舌を打ちそうになったクロエをまたヴァニラは鋭い視線で言葉なく咎《とが》める。

それでも反省を見せないクロエの態度に、ヴァニラはさらに視線を強めた。

「ごめんなさい」

無言の空気に耐えきれず、クロエは小さく謝罪した。

「王族が簡単に謝ってはいけません。自分の分《ぶ》が悪いと感じた時は笑って同意するだけで結構です」

ヴァニラの容赦《ようしゃ》ない言葉にクロエは癇癪《かんしゃく》すら起こす気になれず、言われるがまま笑顔を貼りつけた。

昔からの癖でもある小さな癇癪《かんしゃく》すら許されない生活はクロエが思っていた以上に窮屈《きゅうくつ》で、日々自分らしさが抑え込まれていく気がした。

アルベルトと会う時でさえヴァニラは常にそばにいて、少しでもふさわしくない行動をとれば叱《しっ》咤《た》が飛んだ。そんなことすら懐かしく感じられるほど、クロエはアルベルトを恋しく感じていた。

「アルベルト様に会いたいわ……」

どれだけ裏切られた気持ちになっても、クロエの味方はアルベルトしかいなかった。

寂しい気持ちを吐き出しても誰も慰《なぐさ》めてはくれず、クロエは今日もひとり寂しく寝室で疲れをとるためだけの休息をとることになった。

どれだけ泣き言を言っても、クロエはひとりだ。

毎日、覚えきれない量の異国の言葉を使いながら一瞬も気を抜けない教育を受けるクロエは日に日に摩耗《まもう》し、ヴァニラがいない寝室で泣き疲れて眠る日々が続いていた。

一緒に試練に立ち向かうはずのアルベルトからは時々手紙が届いたが、どれもユソルロの自然の豊かさや自分の成果ばかり書かれていて、クロエを慰《なぐさ》めるようなものではなかった。

それでも、いつも最後に締めくくられる愛の言葉を信じてクロエは毎日膨大な教育を受けていた。

「もう嫌だわ」

クロエは涙で腫《は》れた目を枕に押しつけながら叫んだ。

毎日、監視と叱咤《しった》が飛ぶ息苦しい環境で、クロエの我慢はすでに限界を迎えていた。

王妃から褒《ほ》められたこともなければ、両親にも会えない。

ひとりぼっちのクロエに寄り添ってくれるはずのアルベルトもいない。

クロエが思い描いていた王宮での贅沢な暮らしとはまるで違う生活に、逃げ出したくてたまらなかった。

「クロエ様はよく頑張っておいでです」

ふたりきりの夜になると、いつも厳しいヴァニラは態度を一変させ、甘い言葉をクロエに囁《ささや》いた。

クロエがどれだけ八つ当たりしても泣き叫んでも、優しい言葉をかけてクロエを励《はげ》まそうとした。

皆が嫌がるクロエの侍女として働くことに一度も文句を言ったことはなかった。

クロエが当たり散らしてぐちゃぐちゃにした室内も、クロエが教育を受けている間にいつのまにか綺麗に整えられていたし、怒りに任せて暴力を振るったことを王妃に報告をすることもない。

クロエにとってヴァニラは数少ない理解者のひとりになるのに時間はかからなかった。

「ヴァニラ……」

「はい、クロエ様」

ヴァニラをクロエが呼ぶとすぐにそばに寄ってきた。

彼女が持つタオルからは湯気が立ちのぼり、それがクロエのために用意された蒸しタオルだとすぐに気がついた。

「貴方はふたりきりになるといつも私に尽くしてくれるわね」

「はい、それがクロエ様のためですから」

そう言ってクロエの寝る準備を手伝っていたヴァニラはクロエの目元に温かなタオルを置いた。

優しい言葉とともに寝台を整えられて、自分の味方となってくれる人物がいることにクロエのささくれ立った心は落ち着きを取り戻しつつあった。

「もっと簡単だと思っていたの」

目元を温めたおかげか、冷静になったクロエはひとり言葉を呟いた。

幼い頃、母親に読んでもらった絵本のプリンセスに近づけば近づくほど、クロエにはその道がどんどん理想から離れていくことに困惑していた。

運命的な出会いから、すぐに国民にも受け入れられるプリンセス。

自分もそうなりたいと思い、クロエはずっとアルベルトに会える日を待ちわびていた。

あの日、シェルニアと同じく成人を迎えたクロエは、アルベルトに近づくため故意にシェルニアにぶつかった。

噂に聞く完璧な令嬢というシェルニアがアルベルトと幸せそうに微笑んでいたなら、クロエもそんなことはしなかったかもしれない。

その他大勢と同じようにふたりの祝福をしていたのかもしれない。

だけど、ふたりは一度も目を合わせることも微笑み合うこともなかった。

だから、少しだけ。ほんの少しのいじわるのつもりで、クロエはワインをシェルニアに向かってかけてしまった。

すべてが順調に進んだ。

アルベルトと親密になることまでは。

「もう逃げ出したい……」

絵本の中にはプリンセスが努力をしていることも、認められるために睡眠を削っていることも書かれていなかった。

アルベルトとともに過ごし浮かれていたクロエは、自分がシェルニアを貶《おとし》めてアルベルトを奪おうとした悪女だ言われていることも知らなかった。

アルベルトの婚約者になれば全員を意のままに操り、贅沢《ぜいたく》に暮らせると思っていたクロエにとって、ここでの暮らしは想像もしていないほど過酷で辛い毎日だった。

肝心のアルベルトがいない王宮は息苦しく、王妃の厳しさは時間が経てば経つほど厳しくなっている。

陰では王妃教育が終わるのがいつになるかわからないとまで囁《ささや》かれている状況から、許されるなら逃げ出したくてたまらなくなっていた。

「逃げますか？」

クロエがこぼした独り言に答える者がいた。

視界を塞《ふさ》がれていたクロエはその声が、一瞬誰のものかわからなかった。

「え？」

「逃げ出したいのでしょう」

タオルを目元からどかしたクロエは、照明の落とされた部屋でもう一度問われた。

真っ暗でなにも見えない室内に響くのは、ヴァニラの声だった。

普段の高圧的な物言いとはまったく違う、けれど同じ声にクロエは唇を震わせる。

「どういうこと……？」

月明かりに照らされたヴァニラがクロエに覆いかぶさるようにして覗き込む。

寝台に寝かされていたクロエは、侍女が主人に向かって無礼な態度をとっていることよりも、彼女が言う「逃げ出す」という言葉に気を引かれた。

甘い、毒にも似た声は、クロエが今一番望んでいることを繰り返す。

「こんな辛いところから逃げ出して、アルベルト様と幸せになりたいのでしょう？」

「っ……！」

はっと気づかされたようにクロエはヴァニラを見た。

彼女の顔は暗くてよく見えないが、赤い色の瞳だけが妖しく光り、クロエを捕らえる。

「逃げてしまいましょう、クロエ様」

弓なりに形を変えた唇がクロエの耳元で囁《ささや》いた。

ずっと助けが来ることを願っていたクロエにとってそれは甘い誘惑だった。

クロエは誘われるがままうなずく。

「幸せになりましょう、クロエ様」

「でも、そんなことできっこないわ……」

「私に任せてください」

「一介の侍女になにができるというの？」

クロエは顎《あご》を突き上げてヴァニラに問いかけた。

王宮のど真ん中とも言えるこの場所は国で一番安全ではあるものの、逆に言えば逃げ出すことが不可能な監獄でもあった。

朝から晩まで護衛という名の騎士が出入り口を塞ぎ、外の情報は一切クロエに入ってこない。

飼い殺しのような日々を過ごすクロエにとって、王妃になれるかもしれないというアルベルトの言葉以外に希望はなかった。

「ここを抜け出す方法を私は存じております」

ヴァニラはクロエの乱れたネグリジェを整えながら告げた。

「……‼」

クロエは飛び起きた。

アルベルトが発つことすら知らされなかったクロエにとって、ヴァニラの言葉は驚きと、どうして自分にはなにも知らせてもらえないのかという憤《いきどお》りを抱かせた。

――私は次期王妃になるというのに、どうして誰も教えてくれないのかしら。

毎日早朝からずっとともに過ごす王妃が教えてくれないこと。

そんな魅力的な話を聞き漏《も》らすまいと、クロエはヴァニラに詰め寄った。

「知りたいですか？」

「ええ、教えてほしいわ」

即座にうなずいたクロエは、今すぐアルベルトのもとに向かいたい気持ちでいっぱいだった。

実家では味わえなかった食事。

自分のためだけのドレスやアクセサリー。

そんなものは一週間も過ごせば用意されなくなることを知った。

食事は見た目も味も一級ではあるものの、パーティーのような豪勢なものが毎日出されるわけではない。

ドレスは以前着たものをリメイクしたものばかりで、一から仕立ててもらえる機会をクロエは与えられなかった。

もっと煌《きら》びやかで遊んで暮らせると思っていたクロエはその事実に拍子抜けしてしまった。

「覚悟はおありですか、クロエ様」

クロエが座る寝台に腰かけたヴァニラはそう言ってクロエの手を握った。

「そんなのもう、今さらだわ」

ふと頭を過《よぎ》るのは、両親の困惑と驚きに固まった表情。

あれからふたりは逃げるように王都を去り、田舎暮らしをすることになったと聞いて、クロエは引くに引けない立場にあることを嫌でも知った。

母の憎しみとも悲しみともつかない瞳が忘れられず、クロエは頭を振って思考を切り替えた。

「二週間後、ある騒ぎが起きます」

そう切り出したヴァニラの瞳が妖しく光る。

クロエは引き込まれるような気持ちでその瞳を信じるしかなかった。

その日から、他言無用との言葉を無視して、クロエはこの国の弱点をヴァニラに聞いたまま伝えることが日課となった。

それは、王が密かに病に侵されていることから、王族にしか伝えられていない秘宝のありかなどと様々なことに及んだ。

「王族の秘密を知りたいなんて、貴方も変わっているわね」

そう言ってクロエはヴァニラに聞かれるがまま、王族しか知らないことを洗いざらい話し、時には手紙に地図を記すことまで手伝った。

ここを抜け出すために必要だとヴァニラに言われてしまえば、彼女しか頼る術がないクロエは言いなりになるしかなかった。

それでアルベルトが不利になってしまうことなどまったく考えもしなかった。

「ねえ、いい加減なにが起こるのか、そろそろ教えてくれてもいいんじゃないの」

「明日になればわかります。クロエ様は騒ぎに乗じて逃げ出すだけでいいんです」

「でも……」

「大丈夫です、私の仲間が貴方をアルベルト様のもとにお連れしますから」

言い募ろうとするクロエをいなし、ヴァニラは微笑む。

「明日も早いですから、お休みになってください」

そう言ってヴァニラはふてくされた様子のクロエを慣れた手つきで寝台に寝かしつけた。

「明日、絶対教えてね」

眠りに落ちる間際の言葉にヴァニラが笑った気がして、クロエはそのまま眠りに落ちた。

それが恐ろしい日々のはじまりだとも知らずに。


「クロエ様!!」

大声で名前を呼ばれてクロエは目を覚ました。

まだ覚醒しきれていないままガウンを着せられると、ヴァニラに手を取られて部屋を急いで出る。

「ねえ、一体なにがあったの？」

「城内に侵入者が現れました。意味はわかりますね？」

もつれそうになる足を動かしつつ尋ねたクロエは、ヴァニラの答えに目を丸くした。

それからすぐに、これがヴァニラの言っていた騒ぎなのだろうと思い至る。

「王様たちは大丈夫なの？」

クロエは王たちの心配をしながら鳴り響く自分の心臓に手をあてた。

動悸《どうき》がして、ひどく喉が渇《かわ》いていた。

「おそらく移動されているのでご無事だとは思いますが……ここから先は別の者が貴方を守ります」

そう言ったヴァニラは小さな扉を開いてクロエを促した。

真っ暗で先の見えないじめじめとした道は、隠し通路として王妃から極秘に教えてもらった場所だった。

「貴方は？」

「私はまだやることがあります、さぁ早く時間がありません」

急《せ》かすヴァニラに押されるようにして、クロエは後ろを見る暇もなく通路に追いやられた。

渡された蝋燭《ろうそく》の小さな明かりを手に一歩前に進むと、同時に入口が閉まる。

「進むしかないのね」

かび臭い空気に顔を歪《ゆが》めた後、クロエは意を決して通路を進みはじめた。

なんの説明もないままひとりにされて心細い気持ちを抱きながら出口を目指す。出口のほうからは、喧騒《けんそう》が聞こえてきた。

「こちらへ」

あと数歩進めば出口にたどりつくという時に、前方からフードを被った男に声をかけられた。

本当に外へ出ていいのか迷っていたクロエはその声に導かれるように進むと、城外では火が上がり、剣同士がぶつかる鈍い音や、馬の蹄《ひづめ》の音が響いていた。

「なにが起きているの？」

「馬に乗って移動します、これを着てください」

男は問いに答えないままフードがついたローブを差し出すと、クロエの返事も待たずに先へ進みはじめた。

一秒も待てないという様子にクロエは慌ててガウンを脱ぎ捨ててローブを羽織り、男の後を追う。

身をかがめて草むらを抜けると、木の陰にいた馬が鼻を鳴らしてクロエを見る。

「時間がありません、乗ってください」

男に急《せ》かされ、慌てて馬に跨《また》がった。

すぐに男も後ろに跨《また》がると、馬は喧騒《けんそう》から離れるように走りはじめる。

いろいろと尋ねたくて仕方がなかったが、クロエは舌を噛まないようにぎゅっと口を閉じた。

全力で走る馬の上では振り落とされないようにするだけで精一杯だった。

「いたぞ！　隣国に入らせるな！」

かなりの距離を走り、馬の速度がゆるんだ時、その声は聞こえた。

「ちっ……」

後ろで馬を進ませていた男が小さく舌打ちをして、クロエは自分がよくないことに巻き込まれてしまっているのでは、と嫌な予感があった。

なにか、知らないうちに大変なことになっている。

早く、早くと急《せ》かすクロエの心とは裏腹に、追っ手は徐々に距離を詰めてきていた。

弓が体の横をすり抜ける音がして、ハッと息をのむ。

――アルベルト様。

心の中で想い人の名前を呟くと同時に、嫌な予感は的中した。

「きゃぁ！」

大きく地面が傾いた。

そう思った時にはもう、地面に放り出されるようにして叩きつけられた。

馬が大きく鳴き声を上げて暴れる音に、転倒したのだと気づいたのは一瞬後のことだった。

逃げなくてはいけない。

そう思うものの、全身を打ちつけたせいか痛みで足を動かすこともままならない。

うずくまるクロエの顎先《あごさき》に、銀色に光る一筋が突きつけられた。

第五章

翌日、いつも通りこれからの計画について書類とにらめっこをしていたアルベルトは、メイドが淹《い》れてからずいぶん時間が経った紅茶を流し込んで天井を仰《あお》いだ。

「アル！」

ノックもなしに開かれた扉から大声で呼ばれて振り向くと、リーディアが自分に向かって歩いてくるのが見えた。

いつも通り胸が見えそうなほどだらしない着こなしの服装に似合わない切羽《せっぱ》詰まった表情を浮かべたリーディアは、アルベルトに両手に握った書類を押しつけるように渡した。

「一体なにごとだ……？」

「ここ、読んで。ストヴァルもすぐに来るらしいから話は後で」

最近なにかと忙しそうにしていたストヴァルも来るとあって、アルベルトは押しつけられた書類にまずは目を通すことにした。

なにかがあったことは明白なリーディアの様子に、アルベルトへ紅茶のお代わりを注ごうとしていたメイドはすぐに状況を察すると、茶器もそのままに部屋を後にする。

部屋にはアルベルトとリーディアのふたりが取り残された。普段なら雑談に花が咲くところだが、しばらくはアルベルトが書類をめくる音だけが部屋に響いていた。

「これは、反逆者たちの遺体にまつわる調書か……？」

「そう。アルに見てほしいのは二枚目、ユソルロの司祭を務めていたバァンの死体の検査結果だよ」

三十枚ほどにも及ぶ資料をひと通り確認しアルベルトが問いかけると、リーディアは強くうなずいた。

二枚目と指示されてもう一度目を通してみたが、アルベルトにはなにがおかしいのかさっぱり見当もつかない。

「バァン……確か、ユソルロの子爵だったな。リーディア、これがなんなんだ？」

「この男はバァンじゃない。あいつはまだ生きているんだ……！」

リーディアは憎々しげに唇を噛みしめる。

「遺体が別人ということか？　一体どうしてそんなことに……」

アルベルトにはそれがどれほどのことかいまいち理解できないままでいた。ただひとつだけわかったのは、リーディアがバァンを深く恨んでいることだけだ。

名前と年齢からはじまって遺体の損傷箇所や死因、発見場所といった細かすぎる内容が記載された調書を読むアルベルトの視界に、リーディアのインクに汚れた指が滑り込む。

「ここ、死因は腹の傷による出血。剣の幅から見て兵士の持つ剣の傷が致命傷だとされているんだけど……」

文章を見る限りでは特に違和感のない内容に首をかしげるアルベルトに、リーディアは失笑とともに暗いトーンで吐き捨てた。

「この遺体には、首がなかったんだよ」

「首が……なかった？」

リーディアの言葉をオウム返しにしたアルベルトはその言葉にもう一度調書に目を通した。

「そんなことは一言も書かれていないぞ」

困惑した表情を浮かべるアルベルトがリーディアに目を向けると、いつも天真爛漫《てんしんらんまん》な彼女からは想像もできないほど、表情のない顔で肯定した。

「その通り」

通常、調書には死亡した人物のプロフィールからわかったことはすべて記入するように決められている。

実際に書類にはバァンという男の悪事まできっちり書き込まれていた。

ペドフィリアの趣味を持ち、司祭長でありながら数人の男児を囲い洗脳を行っていた。

さらに、金に目がくらんでジギにユソルロを売ろうとした貴族たちの中心的存在だということも明記されている。

その調書にはあるべきであるはずの一文が抜けていた。

「……その死体を見つけたのは私たちの部隊だった。顔もないのにこの男がバァンだと判断したんだ、私たちは！」

「それは、戦時中なら仕方がないだろう？」

「そう、紛争で死体はみんなぐちゃぐちゃになっていて、ずっと気がつかなかった！」

バンッと両手を机に打ちつけたリーディアはアルベルトの持つ調書を憎々しげに睨《にら》みつける。

この男との間になにがあったのかまで聞く勇気はなく、見たこともないほど怒りをあらわにするリーディアにどう接すればいいのか、アルベルトは当惑していた。

「司祭長の服で判断したんだ、この男がバァンだとね。……こいつは仲間だった男に自分の服を着せて殺し、自分だけはのうのうと生き残っていた！」

そう言ってリーディアは見たこともないほど凶悪な顔で笑った。

「今度こそ殺してやる」

ぞっとするほどの笑みを見せられてアルベルトは言葉に詰まった。

「リーディア、その辺にしなさい。アルベルト様が困っておられます」

そんな時、待ち望んだものよりも落ち着いた声がリーディアをたしなめた。

アルベルトが声のほうに顔を向けると、ディザードとストヴァルのふたりが立っていた。

「お待たせしました」

「いつのまに……」

「ノックはしましたよ」

そう言ってディザードが扉にもたれていた体を浮かすと、再現するように扉を軽く二度手の甲で叩いた。

「さて、バァンについてはリーディアからお聞きになりましたか？」

ストヴァルを先に入れてから、流れるように部屋に入ったディザードは扉を閉めると鍵をかけ、アルベルトたちのほうに向き直る。

いつも通り天気の話でもはじめそうな雰囲気のまま問われて、アルベルトは困惑しつつも曖昧《あいまい》にうなずいた。

「その様子だとバァンが生きていること以外、まだ説明されていないようですね」

ずっと扉の外で聞いていたのかと聞きたくなるほど正確な読みに目を丸くした後、アルベルトは向かいのソファーに座ろうとしていたストヴァルへ視線を向けた。

「あまり深く考えるな、老けるぞ」

ストヴァルは呆れたように言い捨てると、抱えていた大きな紙を机に広げた。

アルベルトが身を乗り出して覗き込むと、それはユソルロとジギの国境を記した地図だった。

ストヴァルの両隣から、なにか言いたそうなリーディアと表情の読めないディザードがアルベルトと同じように地図を見ようと身をかがめた。

部屋に灯る明かりが人影によって遮《さえぎ》られたせいか、話の先の不穏な空気を察してか、アルベルトは居心地悪そうに視線を揺らした。

「どうして教えてくれなかったんですか!!」

ストヴァルの話は、アルベルトにとって信じがたいものだった。

外でそんな事態が起こっているなどとは知らず、ひとりだけ暖かい執務室で仕事をしていたことを嘆《なげ》くとともに、仲間外れにされた気持ちになったアルベルトはストヴァルを真正面からにらみつけた。

「無事に戻れたからよかったものの、もしも罠だったらどうするつもりだったんだ！」

アルベルトは今にも立ち上がらんばかりの勢いで拳を机を叩きつけた。

アルベルトは三人が単独で行動を起こしたことに憤《いきどお》りを隠そうともせずに叫ぶ。

言い返そうとしたリーディアを制したストヴァルは謝罪を口にしてから、これまでのことを話しはじめた。

アルベルトがユソルロに来てから少しして、国境の警備に派遣していた部隊のひとつが突然消息を絶った。

部隊の十二名全員が消えたとあって、ストヴァルはリーディアとディザードに彼らが最後にいたと思われる小屋を中心に足取りを追うよう指示をした。

だがふたりが捜査をした小屋にはなにも残されておらず、ストヴァルは報告を聞くとすぐに自ら動くことにした。

偵察隊としても動いていたその部隊は、隣国との小競《こぜ》り合いで負傷することは多々あったものの、神隠しのように消えたとなるとなにか組織的な関わりがあると本能的に判断し、リーディアとディザードの三人だけで、秘密裏にその足取りを追うことを決めた。

アルベルトに話さなかったのは、タイミングもあってアルベルト自身の関与を警戒していたからだと聞かされて、アルベルトは不服な思いを抱きつつも納得せざるをえなかった。

なにかとメイドが自分の周りにいたのはそのためかと、監視されていたことに苦笑いを浮かべると、今度はディザードが頭を下げた。

「騙《だま》すような真似《まね》をして申し訳ありません、アルベルト様」

ストヴァルが驚いたようにディザードを見たので、彼はディザードの用心について知らされていなかったのだろう。ストヴァルに裏切られていたわけではないことを知り、アルベルトは怒りを収めた。

消えた部隊の行方を捜すべく、ストヴァルたちは彼らが消えた周辺だけでなく、家や周囲の人間まで手を広げた。恋人の話や日記に記された細かな内容を拾い集めてみると、やがてジギ王国との繋がりがあることをストヴァルたちは掴んだ。

「騙《だま》されたか脅されたか、その辺りはまだわからない。だが部隊長のことを調べた結果……死んだと思っていたバァンと繋がりがあるとわかった」

疲れが溜まっているのか、ストヴァルはそう言うと深いため息をつき、ソファーに深く腰かけてから覇気がない様子で続けた。

「後はリーディアが話した通りだ。バァンが死体を偽装し、ジギに渡っていたのは確実になった。……アルベルトに渡してくれるか？」

「はい。アルベルト様、こちらの資料がバァンだと思われていた死体を検分し、新たに明らかになった内容です」

ディザードに渡された紙には、走り書きのようにバァンと遺体との特徴の違いが書きつけられていた。

顔や体の特徴を真似《まね》ることはできても、利き手や細かな傷跡まではごまかせなかったらしく、死体を検分したディザードが詳細を説明する。

「巧妙に隠されていたおかげでずいぶんと時間がかかりましたが、ようやく足取りが掴めました」

そう言ってディザードは普段の読めない笑顔ではなく、鋭い闘志の宿った瞳でアルベルトと視線を合わせた。

「バァンは司祭長の地位を利用して貧しい子供たちに施しを与える裏で、見目の美しい者は慰《なぐさ》み者に、力のある子どもには隣国からの薬や武器などを運ばせる手伝いをさせていました。悪事が明るみにならなかったのは、彼の巧みな話術による洗脳の影響でしょう。支配された子供たちは、私たちが気がついた頃にはその半数が自ら命を絶っていました」

ディザードが言葉を切ると、執務室には沈黙が落ちた。

それから、アルベルトはバァンの企みについて聞いた。

隣国を利用してユソルロを襲撃し、支配しようとしていたこと。その奸計《かんけい》はストヴァルの策によって阻《はば》まれたものの、仕留めたとばかり思っていたものが実際には逃げおおせていたこと。バァンの計画は、あまりにも緻密《ちみつ》だった。

金に目がくらんだほかの貴族たちは簡単にしっぽを掴むことができたがそれもおそらく囮《おとり》だった

のだろうと話すディザードも、さすがに苛立《いらだ》ちを隠せない様子だった。

長年私腹を肥やしていただけでは飽きたらず、街を、国をも乗っ取ろうとする強欲な男の狡猾《こうかつ》さは、聞けば聞くほどリーディアがなぜ憎しみに燃えていたのかも理解することができた。

それと同時に、ユソルロの今後を考えて計画書や資金のやりくりなどを任されていたアルベルトにとっては次から次へと聞かされる話の根深さに驚きつつ、幼い頃に会ったバァンのことを思い出す。

バァンは、ユソルロの使者としてよく王宮に来ることがあった。

優秀で体の弱い主を支える理想的な家臣として王都では評判だっただけに、アルベルトはバァンの悪事によってたくさんの市民や子どもたちが犠牲になったと聞いて、強いショックを受けていた。

知らなかったというだけで済むような話ではない事実にひどく責任を感じる。

そんなアルベルトの様子に気がついたのはストヴァルだった。

「アイツを止められなかったのは、俺や父の力が足りなかったのが問題だ」

「ですが……」

言い淀《よど》むアルベルトに対してストヴァルは崩していた姿勢を正すと、強い言葉でアルベルトの言葉を否定した。

「王国の一部ではあっても、この地に関することを一任されているのが辺境伯だ。ユソルロのことの責任は、ユソルロの辺境伯にある。アルベルトに落ち度はない。どうしても気になるのならこれからのユソルロの発展に貢献してほしい」

部屋に入ってきた時と違い、疲れを感じさせないストヴァルの言葉は、アルベルトの弱い心に深く突き刺さった。

アルベルトがハッと気がついたようにストヴァルと目を合わせると、夜空を閉じ込めたような目には悲観も憎しみもなく、ただ未来だけを見据えた真剣な眼差しがアルベルトを優しく見つめていた。

「これからどうするつもりですか?」

アルベルトへの説明が終わると、ストヴァルたちはすぐにバァンを討つための話し合いをはじめた。

戦いには向いていないアルベルトは三人があれこれと話す内容に口を出すことはほとんどなかったが、資金や資源といった部分で参加することになった。

武器の調達や、本格的にはじまる戦いの準備を手伝うことになり、アルベルトは王都に使者を送って軍の派遣や物資の調達を要請したりと、これまでとはまた違った忙しい日々を過ごすことになった。


そんな忙しい日々の合間にも、アルベルトはレインの姿を見つけてしまう。

彼女を気にしないようにしようとすればするほど、アルベルトは外に出るたび、室内で休憩するたびにレインの姿を無意識に探していた。

「アルベルト様?」

バァンたちが住処にしていた場所を訪れたアルベルトはともに現地へ行ったストヴァルに馬を預けて、疲れた体を引きずりながらひとり辺境伯邸に戻ろうとしていた。

呼び声に足を止めて顔を上げたアルベルトは、息をのむ。

「……シエ……レイン」

「覚えていてくださったのですね。あの日は大変お世話になりました」

アルベルトの向かう先には、会いたくて会いたくなかったレインが立っていた。

シェルニアが着れば粗末《そまつ》に見えるだろうユソルロの葉の刺繍《ししゅう》が入ったワンピース姿のレインは、屋敷のほうから歩いて村に戻ろうとしている途中のようだった。

吐息に似たアルベルトの声とは対称的に、目を閉じたままのレインは嬉しそうにはにかんで礼を告げた。

「どうしてここに？」

「助けていただいたお礼にお菓子を焼いたので持ってきたんです」

思い出したようにバスケットを掲げたレインは、困ったように表情を曇《くも》らせた。

「でも、アルベルト様がストヴァル様とお出かけだとは知らなくて……日持ちがしないものだったので、お屋敷のみんなと食べてしまったんです」

「あれくらい気にしなくてよかったのに」

あの日、ずぶぬれになったレインを助けたのはアルベルトの勝手だ。

昨夜、発った時には暗かったはずの空はすっかり明るくなっていて、レインを真正面から目に入れると光のせいか心情のせいか、眩《まぶ》しくてしかたなかった。

「いいえ！　私にとっては命の恩人です」

アルベルトの内心など知らないレインは首を振ってきっぱり言いきると、見えないはずの目でアルベルトを見つめた。

見慣れたはずの、曇《くも》りのないエメラルドグリーンの瞳。記憶を失くす原因となったはずの自分をまるで慕っているようにすら見えて、アルベルトは彼女の目が見えないことを忘れてその場から隠れたくなった。

「大げさすぎないか？　それは」

「そんなことありません！　アルベルト様が気づいてくださったから風邪も引かずに済んだんですよ」

「ふふっ……そうか」

記憶を失ったシェルニアは、レインとして生き生きとアルベルトに握りこぶしを向けてみせた。

盛り上がりのない二の腕を自信満々に見せるレインに呆気にとられたものの、少ししてから笑い出す。

「やっと笑ってくださった。気が滅入っているようだったから、よかった」

レインは安心したとでも言いたげな声でアルベルトを気遣ってみせた。

そんな彼女のなにげない一言に、アルベルトは息をのむ。

アルベルトがどこに行っていたかも、なにをしていたかも知らないはずのレインには、汚れたアルベルトの服装も疲れた顔も見えてはいない。

「なぜそれを……」

「見えない代わりに声でわかるんです。お疲れなんだろうなとか、今は気を許してくださってるんだなとか……なんとなくですが」

アルベルトの問いに答えたレインは、バスケットを軽く揺らしてしたり顔を見せる。

アルベルトは、次々と変わるレインの表情に呆気にとられていた。

すまし顔と貼りつけたような微笑みしか見せたことがないシェルニアとは違う、素の様子を見せるレインが新鮮に映った。

レインの相手を気遣って表情を変える姿はクロエとはまた違う明るさで、アルベルトにはシェルニアの人格を失くしたレインのほうが、伸び伸びと毎日を暮らしている気がしてならなかった。

「引き止めてしまってすまなかったな。家まで送ろう」

「いいえ、ひとりでも大丈夫です。お疲れでしょうから、早くお休みになってください」

「道中で怪我をしないか心配になる……送らせてくれ」

そう言ったアルベルトにレインは嬉しそうに頬《ほお》をゆるませた。

レインと話したことですっかり疲れなど吹き飛んだアルベルトは、一度は断られたものの強引に彼女を送っていった。

「まぁ、アルベルト様……お茶でも飲んでいかれますか？」

レインを迎えたマリーは、レインが汚れたままの格好のアルベルトを伴って現れたことに驚いた様子だった。

「いや……彼女を送り届けに来ただけだから」

マリーの言葉を断ったアルベルトは、彼女の視線から逃れようとすぐに踵《きびす》を返した。

初めて会った時から、なにかに気がついている様子のマリーがアルベルトは苦手だった。


「そういえば、レインが世話になったようだな」

いつも通り、ストヴァルとふたりで計画書を書き込んでいる時だった。

休憩しようと窓際に近づいたアルベルトは、ソファーに座ったままのストヴァルの言葉にわかりやすく体をこわばらせた。

「偶然……彼女がいたので、成り行きですよ」

アルベルトはなにごともなかったかのように答えたものの、ストヴァルの顔を見ることができなかった。

後ろめたいことがあるわけでもないのに、アルベルトはごまかすように閉じられた窓を開いた。

子供の笑い声とともに、刺すような冷たい風が通り抜けて部屋の温度を瞬く間に奪っていく。

「似ていたか？」

短い問いに、アルベルトはストヴァルのほうを見た。

彼がなにを考えているのかわからないほど子供ではないアルベルトは、その牽制《けんせい》ともとれるストヴァルの言葉にゆるく首を振って否定した。

「やっぱり、別人でした。どうして似ていると思ったのか不思議なくらいです」

アルベルトは淡々と答えると開いた窓を閉めきった。

まるでこれ以上話をしたくないというような態度で、ストヴァルの追及から逃れようとしていた。

一枚ガラスを挟んだだけで、窓の外の喧騒《けんそう》はほとんど聞こえなくなる。冷たい風の吹き込んだ部屋にも、暖炉から爆《は》ぜる温かな空気が再び巡った。

冷たい風にあたっていたアルベルトの表情を見たストヴァルは苦笑いを浮かべ、ごまかすように話を変えることにした。

レインに気があると言わんばかりのその表情を、指摘してはいけないとストヴァルは本能的に感じていた。

「昼にしよう。昨日は肥えたイノシシを狩ってきた。どうだ、一杯？」

「たまにはいいかもしれませんね」

酒を呷《あお》る動きを見せたストヴァルにアルベルトは同意を示した。

寒いこの地方では昼夜問わず飲まれている地酒は、体温を保つためとはいえアルベルトが口にしたことのあるどんな酒よりも強い。それとイノシシの肉を使った料理を用意させるためにメイドに話しかけるストヴァルは、アルベルトが深くため息を吐いたことも、なにかを振り払うように頭を振ったことにも気がつかないふりをした。

元婚約者に対して無自覚に執着しているアルベルトをこれ以上刺激するべきではないと判断して、ストヴァルは料理が運ばれてくるまでなんでもない会話をすることにした。

「そういえば、なぜ気がついたのですか？」

イノシシの肉を獲った経緯からさまざまに飛躍する話の中で、アルベルトはずっと疑問に思っていたことを聞くことにした。バァンが生きていると気がついたきっかけについてだ。

ストヴァルたちが話していた通り、バァンの計画はそう簡単に露見するようなものではなかったはずだ。それがなぜ看過できたのか、アルベルトはずっと気になっていた。

「石だ」

そう言ってストヴァルが取り出したのは、ひとつの石英だった。

大きさは親指の爪ほどの石英には紋章が入っており、シグネットリングにはめられていたと思われる傷がついていた。

「この石を、ジギから逃げ出したという少年が売りに来たらしい」

少年は気がつかなかったようだが、紋章はバァンが使っていたもので間違いなかった。

ユソルロの大樹を模したその紋章を見せられた商人は、少年に怪しまれないように相場の値段で買い取ると、すぐにリーディアに届けたという。

バァンにゆかりの品がジギから流れてきたということでリーディアが改めて少年に詳しく話を聞くと、指輪は彼が盗んだもので、盗んだ相手の特徴は部隊長と一致していた。

そこから芋づる式に次々と情報を手に入れたストヴァルは、バァンがまだ生きていること、長年決着がつけられなかった隣国との境界線の争いをはじめたのが、バァンの先祖であることを知った。

一緒に悪事を働いていた隣国ジギ王国の辺境リンシャの辺境伯はすでにストヴァルが討ったもの

の、その息子とバァンが再度接触しているようだと情報を掴んだストヴァルは、長い争いに終止符を打つことを決めたのだ。

そんな話をして食事を終え、仕事を再開したふたりのもとにメイドが手紙をもってやってきた。

「……残念だが実力行使しかなさそうだ」

ストヴァルは読み終えた手紙を投げ出して、ため息まじりに告げた。

その手紙は、ジギ王国からのものだった。

リンシャとの争いはストヴァルたちの勝利で終えたものの、ジギはリンシャを失ったわけではない。

境界線を超えるための法律をどちらが優位に組めるかという争いから、今度はバァンを討つための勝手な争いとあってはジギも黙ってはいなかった。

バァンが公式には死んだことになっていることも災いした。経緯を説明し、いかにバァンの危険性を語っても、ジギの王はストヴァルがリンシャを奪おうとしているのだと聞く耳を持たず、両者の言い分は平行線をたどった。

リンシャの地を踏ませたくないジギの王と、隣国に逃げたバァンとその仲間を討ち取りたいストヴァルの交渉はうまくいかなかった。

アルベルトもその手の交渉はしたことがなく、打つ手がないままいよいよストヴァルは武力行使を決めたようだった。

「ジギがリンシャに兵を集めるとなると、早くても二週間はかかるでしょうね」

ストヴァルが投げ出した手紙を読んでいたディザードは、その手紙が最後通告であることを察したのか不穏なことを告げた。

ストヴァルがリンシャの地を踏むことがあればすぐにタギリスを攻めるとはっきり書かれた手紙は、怒りのためかところどころインク溜まりが滲《にじ》んでいた。

「その争いは本当に必要なことなのでしょうか」

「……と言いますと?」

口を挟まずに事の成り行きを見守っていたアルベルトが横やりを入れると、すかさずディザードがアルベルトに圧力のある言葉をかけた。

丁寧な口調でありながら部外者を遮断《しゃだん》するような口振りにアルベルトは口を噤《つぐ》みそうになったもののの、結局黙ってはいられず口を開いた。

「バァンひとりのためにタギリス全体を犠牲にしかねない危険な判断をとることが本当に正しいのか、と思ったんです」

王族として生まれたアルベルトにとって、選択とは常に波紋の少ないほうを選ぶべきものだった。王家にとって、国の安定のためには致し方ないことだ。

そんな風に育てられたアルベルトには、ユソルロのためとはいえタギリスの全土に戦火が及ぶようなことがあってはならないというごく当たり前のことを言ったつもりだった。

多くを救うために少数の犠牲は仕方がないとでもいうようなアルベルトの一言に、ストヴァルとディザードは表情を硬くした。

「そうだな……」

長い沈黙の後、ストヴァルは短い言葉でアルベルトの考えを肯定した。

暮らしが違えば考え方も、感じ方も違う。

アルベルトに祖国がなくなる恐怖を理解しろと言ったところでわかるはずもない。

ユソルロがこの国の地図から消え去る恐怖と常に戦い続けるストヴァルの気持ちを、王都にいて豊かに暮らしてきたアルベルトが理解できないのは仕方がないことだ。

それに人の上に立つものとして、時に非情な決断をしなければならないということも、ストヴァルはわかっていた。

「だがバァンのような危険因子を放置すればいずれユソルロのみならず、それこそタギリス王国すべてを巻き込むことになりかねない。少数を切り捨てることも時として必要だが、被害を最小限に抑えられるうちに元凶を潰すことが、結果的に多くを救うことに繋がることもあるだろう」

それに――とストヴァルは意を決したように告げた。

「いざとなれば、俺の首を差し出してもいい」

アルベルトはディザードとともに息をのむ。

人生をかけた決断とも言えるその言葉に、アルベルトはもうなにも言えないことを悟った。

アルベルトには想像もできないほどのものを抱えているのだとわかる彼の表情にかける言葉を見つけられず、ただバァンを捕らえるための策を練ることになった。

その日から、アルベルトはストヴァルがどこへ行くにもついていくことになった。

これまであまり関わることのなかった民の家の間を通ると、ストヴァルが連れているのがアルベルトだと知った人々がアルベルトを取り囲んだ。

「やっとお会いできましたね、アルベルト様」

「どうして……？」

「そりゃ、ストヴァル様がいつも言ってるんだ。アルベルト様のおかげだって」

顔を煤《すす》で汚した男がアルベルトの疑問に答えると、活気に満ちた顔の民たちも口々に同じようなことを言って褒めはじめる。ずっと屋敷にこもりきりだったというのに、その場にはアルベルトを知らない者は誰ひとりいなかった。

「最近は、以前よりずっと温かい夜を過ごせるようになりました」

そう言って微笑むのは幼い子供を抱えた若い婦人だった。

温かそうなおくるみに包まれた赤子が声を上げて、アルベルトの手を小さな手で掴もうとやっきになっている。

そんなのどかな風景に立たされて、アルベルトはユソルロで手がけたことが実を結んでいることに喜びを感じていた。

ストヴァルとともに考えた冬に向けての準備や、新しい資金調達のための事業について問われながら、アルベルトは書類上ではないユソルロに住む人々の生の声を聞き、仲を深めていった。

戦争の準備は、アルベルトが思っていたよりもずいぶん早い段階で終わりを迎えた。

それは本格的な冬がはじまろうとする、一年で最も寒い日のことだった。

「俺が不在の間、ユソルロを頼んでもいいか？」

アルベルトはストヴァルに問われて、すぐに返事をすることができなかった。

「私に……ですか？」

ユソルロに来てからまだ三カ月も経たないというのに、と戸惑うアルベルトにストヴァルは深いうなずきを返した。

ずっと寝る間を惜しんでユソルロのために働くアルベルトを見てきたストヴァルにとって、彼は自分が不在の間にユソルロを任せられる数少ない人物だった。

バァンとその仲間の首をひとつも漏《も》らさず持って帰るには、アルベルトの協力が必要不可欠だった。

「お前にしか頼めない。よろしく頼む」

頭を下げたストヴァルの姿に、ふたりのやりとりを見守っていた兵たちが声を上げた。

その声に押されるようにして、アルベルトはうなずいた。

この土地の立て直しに関わり続けたとはいえ、この街のことも、なにもかもまだ知らないことが多すぎる自分に務まる不安だったアルベルトは、それでもストヴァルとユソルロのために自分の持てる力を尽くそうと腹を決めた。

「ありがとう」

ストヴァルはアルベルトを聞くと安心したように微笑み、わずかしかいない兵士を引き連れてユソルロを発った。


ストヴァルが旅立ってすぐに本格的な冬が訪れた。

来る日も来る日も雪が舞う中で、ストヴァルは事細かに現況を記した手紙をアルベルトに届けた。

「そういえば、いつも俺の後にどこへ行っているんだ？」

ストヴァルへの返事を渡しながら、アルベルトは伝令に尋ねた。

アルベルトがストヴァルからの手紙に返事を書くまでの一時間ほどの時間、用事があると言って彼はいつもどこかへ向かう。それも、いつも小さな花束を持っているのが用事を済ませたらなくなっているので、アルベルトはずっと疑問に思っていた。

まさか、いい人でもいるのかと勘ぐるアルベルトに、伝令は大げさに否定した。

「違います！　あのお花はお届け物で、私のものではありません！」

「そうなのか？」

「はい、このお花はレインへ渡してほしいと、ストヴァル様が……あのふたりはいつも仲睦まじく……」

アルベルトの口車に乗せられて、伝令はペラペラと口を滑らせた。

「ストヴァル様はレインへの手紙の代わりに、アルベルト様へのお使いのついででいいからと花束を私にお預けになるんです」

花束といってもその辺に咲く名前もついていないような花ばかりを集めた、あまりにも素朴な野の花のブーケだ。それを伝令はいつも大切そうに持っていることをアルベルトは知っていた。

「へぇ……」

思ったよりも低い声がアルベルトからこぼれたことで、伝令は息をのんだ。

「ストヴァル殿によろしく頼む」

伝令になにか聞かれる前に、アルベルトはわざとらしい笑顔を見せて手紙を託すと、追い払うようにして言葉を切った。

今すぐひとりきりになりたい気分だった。


ドンッと大きな音が響く。

アルベルトが机を強く叩いた音だった。怒りに任せて数度殴りつけたアルベルトは、開いたままの分厚い本を薙《な》ぎ払い、ようやく動きを止めた。

「どういうことだ……！」

ストヴァルがレインに花を送っていると聞いて、婚約者がいるという立場も忘れてアルベルトは怒っていた。ふたりが仲睦まじいと知ってなぜか苛々《いらいら》とする自分の胸をかきむしるようにしてうめく。

クロエのことなどすっかりどこかに追いやってしまったアルベルトの脳内は、レインのことでいっぱいだった。

どうしてそんなに焦っているのか。

いくら考えてもわからなかったが、なぜかこのままではいけないとアルベルトは考えていた。

「レイン！」

「あら、アルベルト」

ストヴァルがレインに花を贈っていると知ってからのアルベルトは、わかりやすくレインと積極的に時間をともにするようになった。

ストヴァルに任せられたユソルロを大切に思う気持ちは変わらない。

けれど、アルベルトの気持ちは少しずつレインのほうに比重が傾きはじめていた。

冬がはじまり、レインを探すことが増えたアルベルトは、ストヴァルが開放している図書室で彼女が働いていることを知った。

目の見えないレインが人のためになにかしたいと願い出た結果、ストヴァルの配慮で配属されたという職場は、子供たちが読み聞かせをねだる以外ほとんど利用されることがない静かな場所だった。

アルベルトにとっても都合がいいと言えるその場所で、レインはいつもアルベルトを穏やかな笑顔で迎え入れた。

「なにか調べ物ですか？」

「そうだな……痩せた土地について少し」

レインに会いに来ているとは言えず、アルベルトはいつも本を探すふりをして図書室に通っていた。

外に出してもいい書類を持ち出して、レインが退勤するまでこの場所で仕事をしたこともあった。

「ここはいつも寒いな」

書物に太陽があたらないよう設計された図書室は、薪《まき》をくべているとはいえほかの部屋よりも寒く、アルベルトは二の腕をさすった。

「使いますか？」

アルベルトが寒がっていると気づいたレインは、とっさに自分が肩にかけていた毛布を差し出そうとした。

「いや」

「毛布はたくさんありますから、使ってください」

断ったはずのアルベルトの肩に、レインは毛布をかけた。

「皆心配性で……たくさん差し入れを持ってきてくれるんです」

レインは少し照れたように笑って、嬉しそうに毛布の手触りを楽しんでいる。

変わらないなと、シェルニアだった時からたくさんの人に愛されていた彼女を、アルベルトは眩《まぶ》しいものを見るように目を細めて見つめていた。

お互いに気安い言葉遣いになったのは、それからすぐのことだった。

子供たちへの読み聞かせを手伝ったり、アルベルトの仕事の話にレインがアドバイスをしたりと、レインがシェルニアであった時には考えられないほどに、ふたりは言葉を交わした。

三日と空けずにストヴァルからの近況が届くので、そのたびにレインに近づこうとする自分への牽制《けんせい》のようにも感じたが、止められなかった。

レインは一度もストヴァルのことをアルベルトに聞かなかった。

きっと気になっているだろうと思いつつも、アルベルトはストヴァルのことを話題に出さないまま一週間が過ぎた。

その日、アルベルトはストヴァルへの返事を書いてすぐ図書室に向かった。

いつもであれば手紙の内容からストヴァルに必要そうな物資を用意したり、作戦に綻《ほころ》びがないか調べものをしたりと忙しかったが、その日は進捗はないと一言書かれているだけで、アルベルトにできることはなにもなかった。

「いるか？　レイ……」

扉を開けてアルベルトが顔を出すと、アルベルトは言葉を失った。

お世辞にも綺麗とは言い難い花束を抱いてレインが泣いていたからだ。

声を押し殺し、静かに涙を流す彼女はまだ、アルベルトが来たことに気がついていない。

いつも明るく笑顔を絶やさないレインが泣いているところを見るのは初めてだった。

雪の降る中アルベルトが助けた時も、ストヴァルが発つ時も。

現実を受け入れたように表情を曇《くも》らせることはあっても、人前で涙を流すことは決してなかった。

そのレインが泣いている。

アルベルトは立ち止まったまま、レインの涙に目を奪われていた。

そして自分がいることにも気がつかずに、ストヴァルを想って泣いているだろうレインに言いようのない焦りを感じていた。

このままではとられてしまうという子供のような感情に突き動かされて、アルベルトは黙ってレインのそばに立った。

「……アルベルト？」

足音や雰囲気で、レインはアルベルトが近寄ってきたことに気がついたらしい。

無言のままのアルベルトを不思議そうに見上げるレインの瞳からまたひとつ、涙がこぼれ落ちる。

いつも明るく振る舞う彼女の秘密を無理やり暴いてしまったような居心地の悪さを感じた。

レインに名前を呼ばれてすぐに、アルベルトは返事をすることができなかった。

ただその美しい宝石がこぼれ落ちる瞬間が目に焼きついて離れなかった。

「泣いていたのか？」

アルベルトはしばらくしてからようやく口を開いた。

レインは慌てた様子で目元を拭《ぬぐ》い、指先が濡れたことで初めて自分が泣いていたことに気づいたのか、わずかに目を見開いた後、アルベルトから逃れるようにうつむいた。

そんな彼女の態度に面白くないと、アルベルトは不満を隠さずに唇を曲げた。

自分以外を想って泣く。

レインのそんな様子にアルベルトは嫉妬《しっと》心を抱いていた。

「ごめんなさい、アル。埃《ほこり》が目に入ってしまったの。泣いてなんてないわ」

レインはアルベルトの様子に気がつかないまま、涙をごまかそうとした。

嘘をつかれたことに怒りを抱いているのか、レインが泣く理由が自分ではないことに怒っているのか、アルベルトはわからない。

ただ、無性に腹が立って仕方がなかった。

「今日はなにをお探しですか？」

なにげなく花束を脇によけたレインは、いつものように問いかける。

それなのに、アルベルトの胸の靄《もや》は濃くなるばかりだった。

「この花が原因か？」

そう言ってアルベルトはレインが大切そうに抱えていた花束を取り上げた。

名前すらついているかもわからない野草ばかりのそれは、今朝がた伝令が持っていたもので間違いなかった。

「違うわ！」

強い否定の言葉とともにレインが手を伸ばした。

白い手が空を切る。

アルベルトはわざとレインが届かないところに持ち上げ、彼女が必死に距離を詰めようとする姿に目を細くして嫌な笑みを浮かべた。

「俺が処分しておこう」

「っ……やめて！」

「なら、なぜ泣いていたんだ？　花束を抱えて泣くほど辛いことがあったんだろう」

「それは……」

『何度繰り返しても貴方に恋をします』と、記憶を失う前のシェルニアが残した言葉は嘘じゃないかと理不尽な怒りを抱いたアルベルトは、自分ではない男を想う彼女を意地悪く傷つけてやろうとした。

シェルニアの時と同じように。

アルベルトを簡単に忘れて、レインとして幸せになろうとする彼女が許せなかった。

「アルベルト、やめて！」

悲痛な表情で訴えるレインを無視して、アルベルトは花束を持ったまま図書室を飛び出した。

背中から聞こえるレインの叫び声を振り払うように走り、勢いよく自室へ飛び込むと暖炉に向かって花束を投げ捨てた。

萎《しお》れかけた花束がみるみるうちに燃え上がる。

じっと息を乱しながら花束が灰になる様子を見ていたアルベルトの目は、薄暗い部屋の中で暖炉の炎を映して妖しく光る。

「ははは……」

片手で頭を抱えるようにして、アルベルトは突然笑い出した。

おかしくてたまらないとでも言うように大声でひとしきり笑うと、スッと表情を消した。

「お前が悪いんだ、シェルニア」

その日から、アルベルトはレインに対しても彼女がシェルニアであった頃と変わらず、気に食わない女だとレッテルを貼って彼女を避けるようになった。

アルベルトが積極的に関わろうとしなければレインとの接点はほとんどなく、会わないでいるのは簡単だった。

「レインと喧嘩をなさったんですか？」

アルベルトの様子がおかしいことに気がついたメイドは紅茶を注ぎながら尋ねた。

「……レインからなにか聞いたか？」

わかりやすく動揺したアルベルトに、彼女は困ったように笑う。

「いいえ……あの子はなにも。ただ、アルベルト様がまた引きこもりがちになられていますから、少し気になって」

アルベルトはなにも言えなかった。

レインがなにか言ったのかと勘ぐったアルベルトは、本当に自分を気にしているだけらしいメイドの様子にほっとしつつも、レインを思い出すと苛々《いらいら》する自分の言いようのない心をどうすればいいかわからなかった。

できるだけレインのことを考えないでいたことでアルベルトの平穏は一時的に保たれることになったが、こうして言葉にして聞かれたり、姿を少しでも見かけたりすると、彼女がなにをしているのか気になってしまった。

クロエのことはすっかり頭からなくなり、アルベルトの脳内はレインのことでいっぱいになる。けれど彼女を思うたびに怒りと悲しみとを同時に感じる、そんな不安定な精神状態になったアルベルトはますます執務室に引きこもるようになった。

ストヴァルが発ってから、しばらくの時が過ぎた。

気づかれないようにジギからバァンを連れ出そうとするストヴァルと、境界線を睨《にら》む相手国との睨《にら》み合いが続く中、有力な作戦を見出せずに時間だけが経っているようだった。

戦場にいないアルベルトには動きがない限り出番はなく、自分ができる限りのことをしようと、ユソルロ内の問題への対処やマニュアル作りに没頭していた。

そんな引きこもり生活を続けるアルベルトのもとに、国王から一通の手紙が届いた。

内容は、クロエに関する重要な知らせだった。

アルベルトはすぐに人払いをして扉に鍵をかけた。

耳鳴りがして、ひどいめまいに倒れ込みそうになるのをこらえ、内容がどうか嘘であることを願いながら再び手紙を開く。

筆跡が間違いなく王のものであるかを確認し、続きに目を走らせる。

クロエは彼女付きの若い侍女に唆《そそのか》されて王族の情報を他国に流したのだという。王宮は襲撃され、騒ぎが収まった後で見つかった時は侍女はすでに息絶えており、彼女が敵国の諜報員であったことがわかった。

そこまで読んで、アルベルトはショックと怒りで言葉を失った。

クロエは、彼にとって世界で一番大切な人だった。

彼女はいつも優しく、彼を笑顔にしてくれた。

彼女がこんなことをするはずがないと思ったが、それを否定するだけの材料はない。

「……まさか！」

頭を振って否定するアルベルトは今にも泣きだしてしまいそうな真っ青な顔で、同封されていた別の紙を手にとった。

そこにはクロエが犯した罪の証拠が添えられていた。

比較のために添えられたクロエの筆跡で書かれた手紙と、王家の機密が書かれた文書。

アルベルトは、クロエが裏切ったという事実を受け入れなければならなかった。

何者かに騙《だま》されていたのかもしれない。

クロエを探しに今すぐにでも飛び出したかったが、ユソルロを放置するわけにはいかない。

仕事はもう手につかなかったが、ただクロエの無事だけを信じて日々を過ごすしかなかった。

もう、ストヴァルとレインが距離を縮めていたことを気にする余裕すらなかった。

「クロエが……」

三日も経つと騒動のことがすべて明るみに出たようで、アルベルトのもとにも続報が届いた。

クロエが故意に王国へ仇《あだ》なしたとは思いたくないアルベルトは、王に抗議文を送った。

その反応は予想済みだったのか、クロエのしたことが詳しい日付とともに記された書面が届くと、アルベルトはもう、クロエが国を裏切って敵国に協力したことを認めざるをえなかった。

その頃にはストヴァルからも連絡が届いており、アルベルトは受け入れたくない状況に頭を抱えた。

クロエを唆《そそのか》した者たちと、ストヴァルが探すバァンとが繋がっていることがわかったというのだ。

さすがにここまでのことが明るみになると、国同士の戦は避けられない。

アルベルトの心に、もうクロエへの思いはすっかりなくなっていた。

王家だけでなく、ユソルロにも被害を与えた裏切り者を、婚約者として迎えるわけにはいかない。

アルベルトは自分の境遇がどれほどひどいことになるのか、想像するだけで絶望し打ちひしがれていた。

第六章

ストヴァルが戻ってきた。

寒い冬空の下、迎えに来たレインは感極まったように彼を抱きしめる。

それを睨《にら》みつけるように、面白くないという感情を抱えながらアルベルトはふたりの抱擁《ほうよう》を見ていた。

そうやって感情に翻弄《ほんろう》されているアルベルトを、周りは許してくれなかった。


「アルベルト、気をつけてな」

「はい」

反逆者であるクロエが捕らえられ、その恋人であったアルベルトは早々に王都に呼び出された。

引継ぎもろくにできないままユソルロを発ち、王宮に戻る。

短いやりとりの後、馬車はゆっくりと走り出した。

アルベルトを乗せた馬車は長い道のりを走り、ようやく王都へ到着した。

王に会うよりも先に、アルベルトはクロエのもとに向かった。

暗い牢獄に繋がる道を進むと、彼女は牢に繋がれていた。

アルベルトの姿を見たクロエはすぐに助けを求めようと名前を呼んだ。

「アルベルト、お願い。私を助けて！」

手を伸ばすクロエは、アルベルトが知るクロエとは別人と言ってもいいほどに変わり果てていた。

声を聞かなければクロエとは気づかなかったかもしれない。

化粧は剥がれ、なりふり構わず手を伸ばすクロエから距離をとって、アルベルトは尋ねた。

「クロエ、……どうしてこんなことしたんだ」

「寂しかったの……どうしてこんなことしたんだ」

「クロエ……」

「どうして私だけがこんな辛い思いをしなくちゃいけないの!?」

クロエが叫ぶ。

王族の情報を他国に流したのはアルベルトに会いたかったからだと知って、アルベルトはどうしてクロエを愛し、好きだと思っていたのか自分自身でもわからなくなっていた。

幸せになるためと言いながら自分たちを危険な目に遭わせようとしたことにすら気がついていない様子のクロエを、冷ややかに見つめる。

こんなにも考えが足りない彼女を、過去の自分はどうして愛していたのだろうか。

そんな自分勝手なことを考えていた。

「はやくここから出してよ、ねえ、私たちふたりで逃げましょう？」

いまだに自分の立たされた状況をわかっていないクロエは、甘い声でアルベルトを呼ぶ。

あれほど可愛いと思っていた声も、仕草も、今のアルベルトには気持ちの悪いものにしか見えなかった。

クロエの皮を被った怪物に名前を呼ばれるたび、背筋に悪寒が走る。

「クロエ、俺はお前を助けることはできない」

「どうして!!」

「俺は……私は、王国の王子だ。王国の法律に従わなければならない」

暗がりに響く、劈《つんざ》くような怒声に眉をひそめて、アルベルトは冷静に返事をした。

これ以上彼女と喋りたいとすら思わなかった。

「アルベルト、お願い。私を助けてよ!!　なんのための王子なのよ!!　私がヒロインなのよ!」

「すまないクロエ……」

クロエは髪を振り乱してアルベルトを罵《ののし》る。

まるで、アルベルト自身ではなく王子という肩書にしか興味がないと告白するような言葉の刃に耐えきれなくなり、逃げるようにその場を去った。

「待ちなさい!　アンタだけ幸せになるなんて許さない!!」

クロエの絶叫は呪いのように耳に残って消えなかった。

その日以降一度も会わないままクロエの罪は確定し、無慈悲に刑が執行された。

アルベルトはクロエが世界に呪いの言葉を吐きながら斬首される姿を大衆に紛れて見ていた。

彼女の亡骸《なきがら》は見せしめとして、風化するまで面前に晒《さら》されることだろう。

あれほど愛しいと思っていたクロエの無残な姿にも、アルベルトの心は動かなかった。

クロエが処刑されて間もなく、アルベルトは王に呼び出された。

いまだにアルベルトの処遇がどうなるのか決まっていなかったからだ。

「用件はわかっているな？」

「はい」

アルベルトは自分がひどく落ち着いていることに驚いていた。

これからクロエを選んだアルベルトへの罪がどれほどであるかを言い渡されるというのに、すべてが他人事のようだった。

「お前の王子としての身分を剥奪《はくだつ》する」

「はい」

「これより、お前は王家の一員ではない。だが監視も兼ねて王宮で仕事をしてもらう」

「はい」

「王座はシェドリアンが継ぐ。お前はそのサポートをしなさい」

「はい」

「なにか言うことがあるか？　なければ出ていくがいい」

威厳《いげん》のある王の声に力なく首を振って、アルベルトは自室に戻った。

これからアルベルトは王宮の片隅でひっそりと暮らすことになる。

飼い殺しではあるが、殺されないだけましだ。

「お部屋はこれより別の場所で過ごしていただくことになります」

メイドに言われて、アルベルトは狭く暗い場所へ移された。

王子の時とは違う狭い部屋に案内されてもアルベルトは泣き言ひとつ言わず、こんなものかとすら思っていた。


それからすぐ、アルベルトはユソルロに戻った。

途中で投げ出してきた物事を終わらせるために。

ストヴァルを中心に引継ぎをしたり、半端にしていたものを片づけたりと忙しく働くアルベルトは、少しずつ冷静さを取り戻しつつあった。

それでもやはり、時折見かけるレインとストヴァルの仲睦まじい姿から目が離せなかった。

羨《うらや》ましいと思うと同時に、ストヴァルへの敗北感がアルベルトを襲う。

ああそうかと。

ある日アルベルトは自覚した。

ずっと、自分が自覚するよりも前からアルベルトは失恋していたのだと。

レインという女性を通してシェルニアに抱いていた憎しみや、悲しみ、それから尊敬。それこそが恋心だったのだと。

「かなわないな」

窓の外で寄り添い合うふたりが眩《まぶ》しくて、アルベルトは目を細める。

お互いに想い合っているのだと一目でわかる美しい光景に、アルベルトはふたりが遠いところに行ってしまったような気持ちを抱いた。

十年という年月をともに過ごしておきながら、自分はシェルニアの好みすら知らない。

「レイン！」

「……アルベルト」

レインの名前を叫ぶように呼ぶ。

ビクリと肩が跳ねたレインの顔は遠目に見ても怯《おび》えが見え隠れしていた。

そんな彼女の表情に、アルベルトは声をかけたのを後悔しそうになる。

このままなにも言わずに消えたほうがよかったかもしれない。

けれど、それでも自分の気持ちを伝えたかった。

「これからどこかに行くのか？」

「ええ、子供たちへの読み聞かせに」

「少しだけ、時間をくれないか」

「……ええ」

アルベルトには珍しく気弱な声で引き止められたレインは、ちらりとストヴァルのほうを見た。

なにも言わずにうなずくストヴァルに背中を押されて、レインはアルベルトと話すことを了承した。

道から少し外れた木陰にレインを誘導したアルベルトは、しばらく口を閉じたままだった。

「私たちはいつもこうだな」

レインに聞こえないくらいの音量で、アルベルトは呟いた。

ストヴァルといる時には見せない硬い表情は、彼女がシェルニアであった時によく見たものと同じだった。

ああそうかと、アルベルトは突然自分の心がいつもレインによってかき乱される理由に気がついた。

それからすぐに自分がとんでもないことをしてしまったことに気づき、クシャリと自分の前髪を握る。

「あの時はすまなかった」

突然はじまった謝罪に、レインは声を出して驚いた。

「え？」

「花束を奪い取って。ストヴァルにも悪いことをしてしまった」

「……もう気にしてないわ」

そういったレインの表情にはこわばっている。

「ずっと言おうと思っていた」

アルベルトはそう言うと、震える手でレインの髪に手を伸ばした。

ピクリと肩を震わせたものの、レインは逃げずに固く口を噛んでいる。

レインがシェルニアであった頃には触れることのなかった、触れる気さえ起きなかった彼女の髪。腰を超えるほど長く美しかった髪の名残りは、ブルーベージュに光る色だけだった。

貴族であった名残も感じさせない、肩口で切りそろえられているだけの絹のような髪が、アルベルトの指の間を簡単に抜けていく。

はたから見れば恋人にしてやるような動作も、今のレインにとっては拷問《ごうもん》にしか感じられないだろう。

なにかを言おうとして、それでも言えないまま時間が過ぎた。

お互いの息遣いだけが響く長い沈黙を破ったのはアルベルトだった。

「お前の返事は聞かなくてもわかっている。だが言わせてくれ」

伏せていた顔を上げたレインの、その表情を見て、アルベルトは彼女には見えないと知りながら悲しそうに瞳を伏せた。

レインの瞳はアルベルトの方向を向いているものの、視線はアルベルトと交わることはなく、アルベルトを貫いて別の方向を見ていた。

「お前が好きだった、レイン」

「アルベルト……」

「いいんだ、レイン」

レインから逃れるように一歩離れたアルベルトの声は、案外あっさりとしたものだった。

「『見返りもなく愛し続けるのは愚か者のすること』だと、昔言われたことがある」

ずっと信じ込んでいた愛の定義が間違っていた。

そのことに気づいた時にはもう、本当に大切にしたかった人は自分の手からこぼれ落ちてしまっていたことに、憤《いきどお》りよりも自嘲した笑いが湧き上がる。

「ずっとそうだと思い込むことで、自分を守っていた。だから私は愛する相手に見返りばかり求めていた」

初恋だと、確かに感じた幼いアルベルトに巣くう呪い。

愛されたいとばかり願い、独りよがりに振る舞った罰は重くアルベルトにのしかかる。

シェルニアを捨ててクロエを選んだ理由は、ただクロエのほうがアルベルトに好意を示していたからというただその一点にほかならない。

その時のアルベルトにとってクロエのわかりやすい愛情表現こそが正しいのだと信じていたけれど。

「賢く生きることだけが正しいことじゃないと、ユソルロで過ごすうちに学んだ」

王都では関わることのない庶民の暮らしを、利を求めずに助け合いながら生きる人々の美しさをアルベルトは身をもって学んできた。

優しさと思いやりで人は幸せになれるのだと、見返りばかり求めても誰にも相手にされないことを知った。

「どうして大切にできなかったんだろう」

『与えた以上に与えられるのがアルベルト様、貴方の特権です』——いつか聞いた言葉を思い出す。

王子という肩書に一番囚われていたのは自分自身だった。

他人に評価されるために邪魔だとシェルニアを疎《うと》んだ自分が愚かだったと今ならわかる。

「ひとりでしゃべりすぎたな……時間を取らせてすまなかった」

アルベルトはそう言って、なにも言えないレインに小さく笑った。

はじめから勝敗の見えていたことだ。それに駄々《だだ》をこねるほど、もう子どもではなかった。

ずっとストヴァルとレインを見ていた。アルベルトにとって、ふたりとも大切な存在だ。

レインが少しでも自分との時間を、関係性を大切にしたいと迷ってくれるその姿を見て、これ以上彼女を困らせたくはなかった。

アルベルトを傷つけたくない気持ちと、それでも答えられない気持ちとがせめぎ合ってなにも言えないのだろうレインの優しさを感じながらアルベルトは口を開いた。

レインへ伸ばすアルベルトの指先を冷えた冷気が通りぬける。

「答えがないことが答えだと、それくらい嫌でもわかる」

「……それは」

「わかっていても、独りよがりだと知っていても言いたくなった」

言葉尻に自嘲に満ちた笑いのまじるアルベルトの声は苦しげで、愚かな人間をこき下ろすような冷たい響きを帯びていた。

とっさにアルベルトに視線を向けたレインは、彼の表情が読めずに困惑しているようだった。

アルベルト自身、自分が今泣いているのか、笑っているのかわからなかったのだ。

彼女の目が見えなくてよかったとすら思うほど、人に見せられない表情をしている自覚だけがあった。

なにも言えず下を向いたレインを見て、アルベルトは苦しそうに顔を歪《ゆが》めた。

これから口にする言葉を言いたくない、それでも言わずにはいられない。そんな屈辱と葛藤《かっとう》をごちゃまぜにした表情をいっそう歪《ゆが》めて、アルベルトは絞り出すように告げた。

「独りよがりな願いだとわかっている。だが、どうか、今の私を忘れないでほしい」

その言葉を聞いた時のレインの表情を、アルベルトは見ることができなかった。

「巡り合わせだと……」

掠《かす》れた声で語るアルベルトは時々肩を揺らしながら、しゃっくりを交えて荒々しく涙を袖口《そでぐち》で拭く。赤くなった目元には今にもこぼれ落ちそうな涙がすぐに溜まり、アルベルトが瞬くたびに宝石のように転がり落ちていった。

言葉が喉に貼りついて、それでもアルベルトは嗚咽《おえつ》まじりに言葉を続ける。

「俺にとっての唯一で、不可欠はなんだろうとずっと考えていた」

「……」

王子として生まれ、誰からも愛されながら愛を知らなかった男の独白はひどい有様だった。

愛したのに愛されないと、駄々《だだ》をこねていた幼い自分の姿を空虚《くうきょ》に描きながら、アルベルトは遠回りしてやっと今、答えにたどりついたような気がしていた。

「お前にとっては違うかもしれない。でも間違いなく、俺の運命はお前だった」

きっと記憶のないレインには、なにを言っているのかわからないだろう。

好意的に接していた男が突然奇行に走り、挙句の果てに去り際になって愛を囁《ささや》く。

自分ならきっと突き放してすぐにその場から立ち去るだろうことをしておきながら、アルベルトはレインがその場から逃げないことを言い訳に心の内を吐露《とろ》してしまおうとしていた。

「これからも、俺とお前の道は一度も交差することはない」

アルベルトとレインの距離は、たった一歩。

どちらかが踏み出せばお互いに触れ合える距離の、その一歩を踏み出せない。

アルベルトは踏みとどまったまま動けない自分の弱さを受け入れていた。

はじめから、レインがシェルニアであった頃よりもずっと前から、アルベルトの道は決まっていた。

誰がなんと言おうとくつがえせない地位と名誉を与えられる代わりに寄り道すら許されないアルベルトの道は、シェルニアと初めて会った時から寄り添うことはあっても常に別の方向を向いて、一度も交わることはなかった。

だから、彼は気がつかなかった。

彼女の、アルベルトの罪とも言える魔法が解けていたことに。

「それだけだ……もう行く、すまなかった」

目元を荒い仕草で拭《ぬぐ》ったアルベルトは、嗚咽《おえつ》をこらえるように言い捨てた。

これ以上泣くまいと、意地を張るように背を向ける。

その背中を、そっといたわるような声が名前を呼んだ。

「アルベルト様」

「言うな」

その声を否定したアルベルトは気づかない。

それがいつもの彼女であれば使わない呼び名だったことも。

シェルニアが、アルベルトをまっすぐ見つめていたことも。

なにも気がつかないまま、アルベルトは逃げるようにその場を離れた。

第七章

アルベルトは重い心を抱えながら、毎日を過ごしていた。

第一王子としての地位を失ったものの、ユソルロでの功績を認められた彼は王の側近として優秀な補佐官に成長していた。

どれだけ国に貢献しようとその功績は歴史には残らないという現実を突きつけられても、アルベルトの心は動じなかった。

悪意や敵意を向けられても淡々と物事を進め、元王族というプライドも捨てた彼は実績を重ねるにつれて汚名を払拭《ふっしょく》していくことになった。

「アル！」

「リーディア？」

その日もアルベルトはたくさんの書類に囲まれながらひとり作業に没頭していた。

ユソルロであれば機敏に動いてくれるメイドがいたが、王都に戻ってからアルベルトはほとんどの時間をひとりで過ごしている。

機密情報ばかりの部屋に、アルベルトは女性はおろか男性すら近寄らせることはなかった。

クロエがしでかしたことの代償は大きかった。

王は自分の病が明るみに出るとすぐにアルベルトの弟であるシェドリアンに王位を譲ることになった。

年若いが腕が立つ優秀なシェドリアンを支えるべく、アルベルトは身を粉《こ》にして働いた。

そんな引きこもりがちのアルベルトのもとに現れたリーディアは、どこまでいっても彼女らしかった。

ノックもなく執務室に飛び込んできた彼女は軍服を着ていたこともあり、アルベルトは一瞬誰かわからなかった。

「そんな格好もできたのか」

「もう、アルまで皆と同じ反応！　だからこの格好は堅苦しくて嫌い」

部屋に入ったからか、軍服の前をはだけさせたリーディアは人心地をついたと言わんばかりにため息をついてソファーに腰かけた。

「ユソルロでなにか問題でもあったか？」

リーディアの奇行にあんぐりと口を開けたアルベルトは、我に返ると小言を言おうか迷った末になにも言わないことにして、区切りがついたところで手を止め、改めて彼女に問いかけた。

王都に戻ってからもストヴァルと何度か手紙でやりとりをしていたおかげであちらの様子はなんとなく知っている。

アルベルトが深刻な表情を浮かべると、リーディアは勝手に茶器を使って紅茶を口に含んでから、懐《ふところ》から一通の招待状を取り出した。

「ううん、ただ貴方に届け物」

机の上に置かれた薄緑の招待状に、アルベルトは誘われるように近づいた。

誰からと聞かなくてもアルベルトは差出人が誰かすぐにわかった。

もう何度も見てきた美しい文字が、アルベルトの名を綴《つづ》っている。

「レイン……とストヴァルから？」

連名で書かれた名前を読み上げると、心臓が嫌な音を立てた。

ひどい耳鳴りのような自分の鼓動を感じながら招待状の内容を確認する。

中身は予想通りストヴァルとレインの結婚が決まったことが書かれていた。

パーティーの日取りや、ふたりの気遣いがこもった文章を読み進めていくとアルベルトは様々な感情がないまぜになったような表情を浮かべた。

「忙しいかもしれないけれど、来てほしいって」

アルベルトの様子がおかしいとわかっていながら、リーディアはただ一言そう告げた。

自分の元婚約者と、兄のように慕う人物との結婚をアルベルトがどう思っているのか彼女は詳細を知らず、ただ返事を待っている様子だった。

「行けないだろうな」

アルベルトはリーディアが期待のこもった目を向けているのに気がつき、苦笑いを浮かべて答えた。

大っぴらにはされてはいないものの、レインがシェルニアであることは出席したほとんどの人間が気がつくだろう。

せっかく落ち着いてきた噂話が、アルベルトが出席することで再び花咲くことは嫌でも想像できる。

下手に騒がれることがどれほど面倒なことか身をもって知っているアルベルトとしては、ふたりの門出に水を差すわけにはいかなかった。

アルベルトの返答に、リーディアは残念そうな声を上げる。

「返事を書くから待っててもらえるか」

「もちろん。どのみち発つのは明日の予定だからごゆっくり」

アルベルトが机に向かうと、リーディアはシェドリアンと剣を交えると言って執務室を後にした。

前が開きっぱなしのままの彼女に小言を言ったものの、あのまま王の間に駆け込むに違いない。

短い交流しかないとはいえ、ずいぶん打ち解けた様子のリーディアとシェドリアンの様子を頭に思い描くと、周りがあたふたとうろたえる情景が目に浮かんだ。

「なにを書こうか……」

ストヴァルに謝罪と祝福を込めた内容をしたためてから、レインに宛てる手紙の内容を考える。

当たり障りのない内容を書いてみたもののどうにもしっくりこない。

考えれば考えるほど、丸めた紙が積み上がった。

「シェルニア……」

彼女は聡明で、誰よりもアルベルトを思ってくれていた。

それを裏切ったのはアルベルトだ。

今さら後悔しても覆水は盆に戻らない。

アルベルトは悩んだ末に一通の手紙を机の引き出しから取り出し、そっと開いた。

彼は何度もその手紙を読み返し、その内容を心に刻み込んでいた。

なぜあの時の自分は彼女からの手紙を無下《むげ》に扱っていたのだろうかと、読み返すたびに後悔した。

悪名が過ぎ去ってくると縁談も増えたが、アルベルトはすべて断っていた。

シェルニア以上に愛せる人を見つけられる気も、見つける気もなかった。

「今さらなにをと言うんだろうな」

アルベルトはたった今書き上げたばかりの手紙を読み返して、自嘲した笑いをこぼした。

あの時、記憶を失う前のシェルニアがどんな気持ちでアルベルトの幸せを願ってくれていたのか。

きっとレインとして生きる彼女はこの手紙を読んでも意味などわからないだろう。

親愛なるレイン様
このたびはご結婚おめでとうございます。
貴方がストヴァルと出会い、結ばれることは必然だったと存じます。
残念ながらおふたりの式に参列することはできませんが、
代わりの者を必ず用意すると約束します。
ふたりが末永くともにあることを願って、私から三つお願いしたいことがあります。

ひとつ目は、どうか幸せになってください。
ふたつ目は、体を大切にしてください。
三つ目は、――

エピローグ

「アルベルト様、王がお呼びです」

「わかった。すぐに行くと伝えてくれ」

その日も、アルベルトは業務に励《はげ》んでいた。

すっかり時が経ち、シェドリアンが妃を迎えてもなお、アルベルトは独り身のままだった。

シェドリアンの使いに呼ばれて席を立ったアルベルトの机上には、薄汚れた一通の手紙が置かれていた。

もう何度も開いたせいで折り目は毛羽立ち、紙はよれよれのその手紙を、アルベルトはずっと大切にしていた。

何度も目を通したそれをアルベルトは一言一句間違えることなく唱えることができる。

手紙には、記憶を失う前のシェルニアが望んだ三つの願いが書かれていた。


ひとつ目は、シェルニアの前に現れないこと。

ふたつ目は、シェルニアであった頃の記憶を取り戻そうとしないこと。

三つ目は、素敵な恋をすること。

アルベルトにとって、ついぞ叶えることができないものばかりだった。

アルベルトを愛してくれた彼女からの願いは、どれひとつ叶えられそうもない。

立ち上がったアルベルトの瞳から一筋の涙がこぼれ落ち、誰に知られることなく地面に落ちた。

シェルニアが、私の初恋だった。

きっと、最後の初恋だった。

番外編　ユソルロの木のそばで

『今の私を忘れないでほしい』

アルベルトの喉から悲鳴にも似た叫びがこぼれた瞬間。

レインの視界いっぱいに光が差し込んできた。

眩《まぶ》しさに思わず目を閉じたレインは数度瞬いてから、子どものように泣きじゃくるアルベルトの美しい輪郭をたどって落ちる涙にゆっくりと目を見開いた。

光とともに舞い戻ってくる、シェルニアであった頃の記憶を他人事のように受け止めながら、レインは肩書をなにもかも取り払い、悲恋に嘆《なげ》くひとりの男を見つめていた。

子どもの癇癪《かんしゃく》にも聞こえる苛立《いらだ》ちに塗《まみ》れた声を出して涙をこぼすアルベルトは、シェルニアにかけられた魔法がその瞬間に解けたことに気がついていないようだった。

魔女との取引で失ったはずの記憶と視力が戻ったことに戸惑いながら、レインはアルベルトに気がつかれないように、とっさに取り繕った。

どうしても、そうしなければならないような気がした。

アルベルトがレインと呼ぶたびに、戻ったばかりのシェルニアの部分が痛んだ。

あれだけ努力をしてアルベルトと並び立とうとした過去の自分が十年かかっても得られなかった関係を、レインはいともたやすく築いてしまった。

その事実に傷ついていたのかもしれない。

レインは自分の中に突然現れた新しい人格に向き合うと同時に、自分の中に生まれる新しい感情に翻弄《ほんろう》されていた。

笑い合うことすらなかったアルベルトが、レインを通してシェルニアを見つめている。

今までずっと違和感を覚えていた正体を知って、レインはアルベルトがなにを考えているのかわからなくなった。

クロエを愛していると言ったその口で、アルベルトはレインを好きだと言う。

シェルニアの知らない間になにがあったのか。

気になってしまう気持ちと、知ってしまった恐怖心に苛まれながら、レインはただ静かにアルベルトの告白を聞いていた。


「レイン？」

名前を呼ばれて大げさに肩が跳ねた。

「ストヴァル……」

アルベルトが去ってからずっと思考の海に沈んでいたレインを引き上げる声にほっと息を吐く。

やっと息ができたような気がした。

「アルベルトが走っていく姿が見えた」

レインはうつむいたまま、ストヴァルに応えることができないでいた。

突然目が見えるようになったことをどう説明するかよりも先に、どうやってストヴァルの顔を見たらいいのかがわからない。

見えない振りをしてもきっとストヴァルはすぐに勘づいてしまうという確信があった。

「待って……！」

レインは喉から絞り出すように叫んだ。

振り返ればすぐそこにストヴァルがいる。

そう考えただけでレインの心臓は早鐘を打って、彼と今までどうやって話をしていたのかわからなくなっていた。

「アルベルトとなにがあった？」

足音が止まった代わりに、レインが思うよりもずっと近くから声が聞こえた。

心配しているのがわかる優しい言葉にぎゅっと息が詰まる。

ストヴァルにすべて話してしまいたい思いとどう説明すればいいのかわからない思いで、一度口を開いたもののなにも言えずにまた口を閉じた。

言葉もなくうつむいたままのレインは、自分が思うよりもずっとレインらしくなかった。

「アルベルト様は関係ありません」

レインはストヴァルに悟られないように首を振って、アルベルトとのことを隠そうとした。

ストヴァルには、アルベルトに告白されたことを知られたくなかった。

『忘れるのは簡単なことじゃないよ』

ふと、レインの頭に魔女の言葉が蘇《よみがえ》る。

アルベルトに別れを告げて自暴自棄になっていたシェルニアをどうにかしようと父が呼び寄せた魔女は、すべてを見透かすようなコバルトブルーの瞳を光らせて告げた。

果物すら口にすることがなくなり、ただ静かに死を待つシェルニアにとって別の人生を選ぶことも、このままなにもしないで死んでいくことも同じに思えた。

ただ、これ以上父を悲しませたくない。

そんな少しだけ残っていた愛着で選択した答えに、魔女は淡々と言葉を並べた。

「新しい人生を生きる対価はあんたの視力とその美しい髪だ」

思っていたよりもずっと年若い声で対価を告げる魔女に、シェルニアは首をかしげた。

昔読んだおとぎ話では人間になる代わりに声を失い愛しい人のそばで泡となって消えた主人公とは違い、現実から目を背けたいシェルニアにとっては願ってもいない視力という対価と、時とともに長くなる髪がどうして願いと釣り合うのかわからなかった。

「今の貴方にはわからないでしょう」

魔女は体を起こすことすらできないシェルニアがなにを言いたいのかわかっているとでも言いたげな表情を浮かべていた。

「髪をもらうのは貴方の一番輝いている時間を奪うため」

そう言って魔女はシェルニアの美しい髪を一房とると指先で弄《もてあそ》ぶ。

腰まで伸びた絹糸のような髪は、アルベルトを想って長い年月を過ごしたことの証ともとれた。

「視力をもらうのは……そうね、その時が来たらわかるわ」

シェルニアの瞼《まぶた》に魔女の冷たい手のひらが乗る。

強制的に瞳を閉じられたシェルニアの耳に、メイドだろう女性の短い悲鳴が聞こえた。

「選ぶのは貴方よシェルニア」

視界を奪ったまま、魔女はシェルニアに選択を迫った。

「今すぐにでもお願いできますか」

いつまで経っても冷たいままの手がピクリと動いた。

どれだけ時間を与えられても、シェルニアの選択肢はひとつしかなかった。

シェルニアとしての人生を終わらせることに未練はない。

「お父様」

「なんだシェルニア」

ずっと魔女とシェルニアの会話を聞いているだけだったフラドは、娘に呼ばれてそのそばに膝をついた。

「シェルニアはとても幸せでした」

たとえ貴族女性としてたくさんの我慢を強いられたとしても、それは愛されていないわけではないのだとシェルニアは知っていた。

フラドはシェルニアへの愛情を絶えず注いでくれていた。

アルベルトとの婚約を結ぶ時も、婚約を解消した時も、今現在も。

常にシェルニアを尊重してくれていた。

だからとシェルニアは願う。

「記憶を失った私をどうか遠くに置いてください。お父様にこれ以上、迷惑をかけたくありません」

狭い貴族社会では、少しの傷も晒《さら》し上げられ、異端とみなされてしまう。

王子と破談になった娘を持つというだけでフラドの仕事や立場が危うくなることを、ずっとシェルニアは危惧《きぐ》していた。

「しかし」

「お願いです、お父様。シェルニアは死んだと、アルベルト様を想って衰弱して死んでしまったことにでもしてしまってください」

たとえ一時的に爆発的な衝撃を与えてしまったとしても、死者を冒涜《ぼうとく》するほど貴族社会は腐ってはいないはずだ。

すぐに新しい噂と評判にかき消されて、シェルニアのことを覚えている人はいなくなってしまう。

だからと、シェルニアは再度フラドに願い出た。

「わかった」

シェルニアは父の言葉に安心したように微笑む。

最後までわがままばかりの自分に申し訳なさを感じながらも、もう喋ることすら疲れてしまうほどシェルニアは体力を失っていた。

「いいかしら」

親子の会話を見守っていた魔女がシェルニアに声をかけた。

最後の力を振り絞って関わりのある人に手紙を書き上げたシェルニアが外を見ると、外はすっかり黒くなり、一番星が輝いている。

魔女の声にシェルニアは無言でうなずいた。

もう心残りはなにもなかった。

魔女がまた冷たい手をシェルニアの目元に乗せる。

「おやすみなさい、シェルニア」

ふわりと、意識が風に乗る。

シェルニアは抗うことなく意識を奪われる感覚に身をゆだねた。

ああ、と薄れる意識の中アルベルトのことを思い浮かべた。

最後までアルベルトはシェルニアを見てくれることはなかったなと、そんなことを思いながら。

「レイン……！」

名前を呼ばれてレインはハッと意識を取り戻した。

脳裏にもう一度、魔女の言葉が蘇《よみがえ》る。

忘れてしまえばそれで終わりだと思っていたシェルニアの考えが根底からくつがえされ、レインは恐ろしいことに気がついた。

視力を取り戻したレインをストヴァルがどう思ってしまうのか。

返事もできずに立ち尽くすレインを心配しているストヴァルの優しさが恐ろしくて、距離を取ろうと身を引いた。

今までどんな顔をして話をしていたのか、いくら考えても思い出せなかった。

目が見えないからこそ、相手が考えていることを想像するだけだったレインにとって、視力が戻ることは恐ろしいことでしかなかった。

顔を見てしまえば相手がなにを考えているのか、自分をどう見ているのかすぐにわかってしまう。

ずっと、アルベルトから向けられていた軽蔑《けいべつ》の眼差しを今度はストヴァルたちに向けられてしまうかもしれない。そう考えるだけでレインの心臓が痛んだ。

「一体どうした?」

明らかに様子がおかしいレインにストヴァルは言葉をかけた。

突然拒絶を示したレインの表情が見たくて距離をつめたものの、彼女は顔を伏せたまま逃げるように再び距離をとってしまう。

「なんでも……なんでもないの」

震えそうになるの我慢しようとすればするほど、余計にレインの声は震えて響いた。

そのことに動揺して一歩下がると、レインの体がぐらりと傾く。

「レイン！」

あっと声が出ると同時に、重力に従って体は地面に向かって落ちていく。その時、レインの名前を呼ぶストヴァルの声が聞こえた。

「……？」

衝撃が来ることを予想してぎゅっと目を閉じたレインはいまだになにも起こらないことに不思議そうな顔をして、閉じていた目を開いた。

「怪我はないか？」

目の前に薄水色が広がっている。

――綺麗。

レインは数度瞬いてからその綺麗な青色がストヴァルの瞳の色だということに気がついた。

じっと真剣な顔でレインを見つめている青と目が合って、レインはとっさにその視線から逃れるように身じろいだ。

肩を抱くように回っている手に力がこもる。

そこでようやくレインは自分がストヴァルによって守られたことに気がついた。

「あ……ありがとうございます」

手を置いていた場所がストヴァルの上半身だと気づいて、レインの声がうわずった。

慌てて手を離すと支えを失った体から力が抜けて、レインとストヴァルの距離はますます縮まってしまう。

「まさか……な」

ストヴァルの小さな呟きが聞こえて、レインは無意識にストヴァルを見上げた。

これまで通りであれば合うことのないエメラルドグリーンと目が合い、それが照れたように逸らされたことでストヴァルは確信していた。

「視力が戻ったのか？」

「……」

ストヴァルの言葉に、レインの肩がわかりやすく跳ねる。

その態度は言葉がなくても肯定しているようなもので、レインは苦しそうに表情を歪《ゆが》ませてそっぽを向いた。

ストヴァルの視線が自分に注がれているとわかっていながら、レインはなかなか話そうとしない。

そんな強情な態度に出られないストヴァルも押し黙ったまま、ふたりは変に距離が近いまま時間だけが過ぎ去っていく。

「あっこんなところにいた！」

駆け寄ってくる足音に、ストヴァルとレインは反射的にお互いから距離をとった。

子供たちの軽い足取りが複数聞こえてくるものの、抱き合っているところを見られたわけではないようでほっとする。

それと同時にレインは今までどうしてストヴァルが近くにいたままで平気でいられたのか、自分自身がわからなかった。離れてから余計に高鳴る胸の音が、子供たちに聞かれないか不安になる。

「マリーが、ふたりがいないから探してきてって」

「今日は絵本を読んでくれる約束でしょう？」

「ええ、そうね」

戸惑いながらも返事をすると口々に早くと子供たちに急《せ》かされる。

両手をとられ、足元の様子を教えられつつ歩き出すと子供たちは次のターゲットを見つけたとばかりに一度レインから離れた。

「ストヴァル様も一緒？」

「え？　……ああ」

レインとじゃれる子供たちを見て目を細めていたストヴァルは、自分に近寄ってきた子供になにを言われたのかよくわからないままに返事をした。

その答えに子供が喜びの声を上げる。そしてストヴァルまでレインと同じように子供たちにじゃれつかれながら、ふたりそろってマリーのもとに向かうことになった。

「あら、ストヴァル様もいらっしゃったの？」

レインだけだと思っていたマリーはストヴァルの姿を見ると驚いた様子で声を上げた。

最近は特に忙しく走り回っていたストヴァルがマリーたちの前に現れるのはずいぶんと久しぶりのことだった。

「ああ、ちょっとした用事でこちらに来たんだ。お前たちも絵本の読み聞かせが待っているんだろう？」

ストヴァルが微笑みながら答えると、子供たちは再び興奮気味になっていた。

レインも少し照れくさいような笑みを浮かべ、「ええ、約束は守らないとね」と子供たちにねだられるまま絨毯《じゅうたん》のひかれた床に座り、絵本を広げた。

ストヴァルはレインとの微妙な雰囲気を感じながらも、子供たちと戯《たわむ》れて気を紛らわせることに決めた。

子供たちの無邪気な笑顔や愛らしいじゃれつきに、レインの心は少しずつ平穏を取り戻していく。

マリーはそんなレインと子供たちを見つめながらストヴァルに向き直った。

「本当に久しぶりね、ストヴァル様。最近はお忙しいのでしょう？」

「ああ、ちょっとした仕事が立て込んでいてね。でも、今日はちょっとひと休みって感じだ」

ストヴァルがリラックスした態度で答えると、子供たちはストヴァルをレインの隣へ座らせた。

子供たちの興奮と好奇心に包まれながら、レインはストヴァルを意識から無理やり追い出して、絵本の読み聞かせに集中しようとした。

絵本のページをめくりながら、レインは子供たちに優しく微笑みかけ、物語を楽しませていく。

「ねえ、ストヴァル様、この次はストヴァル様が読んで！」

子供のひとりが興奮気味に聞くと、ストヴァルは考え込む素振りを見せつつも答えた。

「そうだな」

ストヴァルの返事に子供たちは一斉に歓声を上げ、レインも少し驚いた後で嬉しそうに微笑む。

「では、それならお前たちが一番好きな絵本を教えてくれると嬉しいな」

ストヴァルが言うと、子供たちはワクワクしながら本棚から絵本を取り出し、次に読んでほしいとお気に入りを次々と差し出した。

「これにしよう」

その中でストヴァルが選んだのは、ユソルロの花が咲くまでの話を書いた童話だった。

絵本を手にとりストヴァルが読み上げはじめると、子供たちは再び物語の世界に没頭していった。

レインは子供たちと一緒に楽しい時間を過ごしながら、心の中でなにかが変わりつつあることに気づいていた。

絵本の朗読や子供たちとの交流を通じて、ストヴァルに対する感情が深まっていく。

彼の優しさや笑顔に触れ、一緒にいることの温かさが彼女の中で特別ななにかを呼び覚ました。

子供たちと一緒に笑い、感動し、絵本の魅力にひたっていく中で、ストヴァルとレインの間にはさきほどまでの微妙な雰囲気が薄れ、和やかな雰囲気が広がっていた。

絵本の朗読が終わると子供たちは大いに喜び、感謝の言葉を伝えてくる。

ストヴァルとレインも満足そうな表情を浮かべ、子供たちとのひと時を楽しんだ。

「ありがとうございました、ストヴァル様」

子供たちがはしゃぐ中、マリーが笑顔で言った。

もうすっかり日が傾き、ストヴァルも子供たちと家に帰る時間になっていた。

「うん、またね。次はもっと楽しい絵本を用意しておくから」

レインがにっこりと答える。

そんな彼女を見て、ストヴァルはふとレインに囁《ささや》いた。

「なかなか楽しい時間だったな」

レインも微笑みながらうなずく。

「そうね。子供たちと過ごす時間は特別なものだから」

ふたりは微笑みを交わし、少しずつ心の距離が縮まっていくのを感じた。それを感じながらも、まだ言葉にはできない感情が胸に広がっていた。

絵本の朗読中、ストヴァルの声を聞いている時に、レインは自分の中でなにかが動き出していることに気づいた。彼と一緒にいることがレインにとって特別で、心地よく、それは友情を越えたなにかだと正しく理解した。

ストヴァルに対する特別な感情に気づくと同時に、彼に明かせずにいたことも、意識しはじめていた。

それは、彼女がかつてかけられていた魔法と、それがついさっき解けたという事実だ。

しかしそのことをストヴァルに話す勇気が、さっきまでのレインにはなかった。

それが今、自分が抱える秘密を打ち明け、レインとなる前の自分の過去を知ってもらいたいと思う。

子供たちを見送って、ストヴァルとレインは少し離れた場所に移動した。

深呼吸をし、言葉を選びながら話しはじめる。

「魔法が解けました」

レインは穏やかな風景の中で、シェルニアとしての過去の出来事を打ち明けることを決意した。

「かつて私はシェルニアという名前で生まれ、アルベルト王子と婚約をしていました。しかし、その婚約が解消され、私は魔女によって『シェルニア』としてのすべての記憶を失う魔法をかけてもらいました」

ストヴァルは驚きの表情でレインを見つめながらも、黙って彼女の話を聞いていた。

「魔法によって過去を失った私は、南の修道院に向かう途中、何者かによって襲われ、森をさまよっていました。あの時、もしストヴァルがそこにいなかったら……私は確実に死んでいたでしょう」

彼女は少し口ごもりながらも、その出来事を振り返る。

「でも、なぜ魔法が解けたのか、私にはわからないんです」

「アルベルトには？」

「言えません、今さら言ったところでいいことはなにもないでしょうから」

レインは悲しげに瞼《まぶた》を震わせて答えた。

その瞳の奥にはアルベルトへの想いが残っているように、ストヴァルは思えた。

そんな思いも知らず、レインはアルベルトと自分の関係が張りぼてのようなものだったことに気がついていた。

幼い憧れのままアルベルト王子に幻想を抱いていたシェルニアと、見返りを求めてシェルニアを愛そうとしたアルベルトは、お互いに相手のことを見ているつもりのまま終わっていた。

レインとして接したアルベルトはユソルロのために真剣に働き、レインへの気持ちを暴走させてしまったことを後悔する青年だった。

人生の半数以上をともに過ごしておきながら、彼のことをなにも知らなかったシェルニアにとってアルベルトの等身大の姿はとても眩《まぶ》しくて、彼が選んだ人との幸せを祈るほど美しかった。

また彼に恋をする。

そう綴《つづ》ったシェルニアの気持ちに偽りはなかった。

けれど、レインはもうなにも知らない貴族令嬢ではなかった。

「アルベルト様には秘密にしておいてください」

「……いいのか？」

レインの願いに、ストヴァルは重たい口を開けて問いかける。

「はい」

強い意志を持つレインの瞳に射貫かれて、ストヴァルは言葉を失った。

彼女の幸せのためならばアルベルトと結ばれることも応援したいと、ストヴァルは言うつもりだった。けれどもう、なにも言うことはできなかった。

「ユソルロの……ずっと昔に書かれた本にこんな一説がありました。『恋は人を愚かにする』と」

「『恋についての物理学』か」

「ストヴァル様もお読みになられたんですか？」

「リーディアに押しつけられて昔な。文章を読むのは得意じゃない」

言われてレインは無骨なストヴァルが今よりももっと眉間に皺《しわ》を寄せて本を読む姿を難なく想像してしまった。

「そうだったんですね。それなのに読み聞かせに付き合わせてしまってごめんなさい」

流れとはいえ、子供たちに囲まれて絵本を読むことになったストヴァルに申し訳ない気持ちになる。けれどストヴァルは「いや」と短く否定をした。

「貴方の読み聞かせは心地よい。それにもう、アルベルト任せにはできないからな……知識をもっとつけなければ、ユソルロを守れない」

「ならまたぜひ遊びに来てください。きっと子供たちも喜びます」

ストヴァルが首肯すると、レインは頬《ほお》をほころばせた。

「ありがとう、ストヴァル様」

ストヴァルがいる。

それだけで、レインはレインとしての人生を生きていける気がしていた。


ある日、ストヴァルが疲れ切った表情でレインのもとを訪れた。

あの日からストヴァルは暇を見つけては子供たちに読み聞かせをするレインのもとに訪れ、ふたりは少しずつ距離を縮めていた。

静かな部屋で自分の仕事に没頭していたレインは、突然現れたストヴァルに驚きの表情を浮かべた。

「ストヴァル？　どうしたの？」

「いや……用はないんだ」

レインは書物を閉じ、慌てて立ち上がりながら尋ねた。

レインに会いたくてたまらず、山ほどある書類をすべて片付けてから、誰にも告げずにここへ来たのだとは言えず、ストヴァルは言葉を濁《にご》した。

レインは優しく彼に声をかけ、一緒にくつろぐよう誘った。

「こちらで少し休んでください」

ストヴァルが誘われるまま座ると、レインは温かい紅茶と今朝焼いたばかりのマドレーヌを差し出した。

黄金色に焼けたそれは中央が柔らかそうに膨らんでいて、甘いハチミツの香りがストヴァルの鼻孔を刺激した。

「ずいぶん上達したな」

レインを保護してからたびたび彼女の様子を見に行っていたストヴァルは、レインの家事能力が上がっていることに驚いていた。

卵を割ることすらできなかった彼女からは想像もできないその出来栄えに感心すると、レインは少し怒ったような表情を浮かべる。

「いじわるを言いにいらしたのならお帰りください」

「すまない。いや美味しそうだ、ありがとう」

ストヴァルは素直に謝るとマドレーヌを一口かじった。

久々にサンドイッチ以外のものを入れたお腹が同時に大きく鳴ると、レインは鈴を転がしたような笑い声を上げる。

「食いしん坊ですね」

そうやって微笑む彼女を見て、ストヴァルはひとつ大きな決断をした。

「結婚しよう、レイン」

「え？」

ストヴァルの予想外の提案に、レインは目を見開いた。

借りてきた猫のように大人しくなり、固まったまま視線をさまよわせる。

そして何度か口を開こうとしたが、言葉が出てこないままだった。

彼女の表情には驚きと同時に、混乱したような微妙な感情が入りまじっていた。

「結婚？」

と、ようやく声を出したレインに対して、ストヴァルは続けた。

「君となら、どんな未来も一緒に歩んでいけると思った。だから、君と結婚したい」

ストヴァルの言葉にレインは目を白黒させ、震える手で紅茶を飲んだ。

口元を潤《うるお》してから、ゆっくりと返事を口にする。

「私は、もう貴族ではありません」

「構わない。辺境伯に嫁ぐからといって貴族である必要はない」

「それに一度婚約を解消された身です。傷物だと噂する方もいるかもしれません。きっとストヴァル様にご迷惑をおかけしてしまうと思います」

「顔に傷があるだの戦闘狂だのさんざん言われてるんだ、今さら噂のひとつやふたつ問題ない」

でも、とレインが次々に釣り合わない理由を羅列しても、ストヴァルはすぐにそれを否定した。

「断りたいなら私自身を否定してくれ、レイン」

ストヴァルに核心を突かれて、レインは押し黙った。

家のことや周りからの視線ばかりを考えて、ストヴァル自身にはなにひとつ文句をつけられないレインにとってその言葉はとても難しいものだった。

ストヴァルと一緒にいたいと思う気持ちはあるものの、彼と結婚をするとなると現れるだろう障害をレインは乗り越えられる自信がなかった。

「今は急いで返事をしなくていい」

ストヴァルはそう言って彼女の戸惑いに揺れる瞳を見つめた。

美しい青が、まっすぐにレインを見つめている。

ああ、とレインはその美しいストヴァルの目を見つめ返して自分の心に向き直った。

この人とならきっと大丈夫だと、レインの中で確信が生まれるのはすぐのことだった。

「貴方のそばにいたいです、ストヴァル様」

レインの言葉に、今度はストヴァルが驚いた表情で固まった。

そんなストヴァルの珍しくわかりやすい表情に、レインは笑みを浮かべて続ける。

「貴方の目を見ていたら、すべてどうでもよくなりました。私をまっすぐ見てくれる人がいる。それだけでいいと思えたんです」

レインはシェルニアであった頃を思い出しながら、ストヴァルの頬《ほお》に手を伸ばした。

ずっと見られることばかり気にしていたシェルニアの殻《から》を破ってレインは自分だけを見てくれる愛しい人の瞳を覗き込んだ。

「いいのか」

「ええ」

レインはストヴァルの問いに迷うことなく返事をした。

凪《な》いだ湖に似た青色が撓《たわ》み、レインは声を上げる間もなくストヴァルに強く抱きしめられた。

マリーが現れて驚いた声を出すその時まで、レインはストヴァルの心臓の音に身をゆだねていた。


ストヴァルとの結婚式を迎える数日前。

レインは戻ってきたリーディアから手紙を受け取っていた。

まさか個人的に手紙をもらえるとは思っていなかったレインは、渡された手紙を開く勇気が持てなかった。

リーディアに一緒に読んでほしいと願っても、それはレインに宛てられたものだからとそっけなく断られてしまい、ようやく開く決意をしたのは翌朝のことだった。

親愛なるレイン様
このたびはご結婚おめでとうございます。
貴方がストヴァルと出会い、結ばれることは必然だったと存じます。
残念ながらおふたりの式に参列することはできませんが、
代わりの者を必ず用意すると約束します。
ふたりが末永くともにあることを願って私から三つお願いしたいことがあります。
ひとつ目は、どうか幸せになってください。
ふたつ目は、体を大切にしてください。
三つ目は、愚かに生きた私のことをどうか忘れてください。

本来なら忘れてくれと願うべきことばかりをしてしまったと、
貴方と離れてから何度も考えていました。
今の貴方にはわからないかもしれないが、かつての貴方の選択はきっと正しかった。
私は自分勝手で本当に大切な人を大切にする手段も知らない愚かな男です。
だからどうか、忘れてください。
愚かにも貴方への愛し方を間違えてしまった馬鹿な男のことを。
貴方の愛を受け取らずに貴方を愛した愚かな男のことを。
貴方を忘れられないでいる男の最後の願いを。

これからの貴方の幸せを願っています。

お元気で。

アルベルト

手紙を読み終えて、シェルニアとして生きた最後の会話を思い出すと、魔女のかけた魔法が解けた理由がわかったような気がした。

きっと、アルベルトに見てもらいたいと願ったシェルニアの願いが、レインを通して叶えられたからなのだ。

きっともう、アルベルトに会うことも、魔女と会うこともないことをレインは寂しく思いながらも察していた。

あの日、アルベルトを思いながら死んでいったシェルニアはもういない。

レインは読み終えた手紙を丁寧に折りたたむと、鏡台の近くに置いていたジュエリーボックスをゆっくりと開いた。

森でさまよっていた時なくしてしまうところだったのを、ストヴァルによって見つけ出されたその箱。シェルニアの小さな宝物たちが、そこにはしまわれていた。

アルベルトから初めて渡された花は押し花に。

一度だけつけた石英のイヤリングは、ガラスの部分が割れてしまっている。

たったふたつ。

それだけの思い出の中に、レインはアルベルトからの手紙を入れてふたを閉めた。


「ご結婚おめでとうございます」

レインとストヴァルの式は、美しく咲くユソルロの木のそばで執り行われた。

落ち着くまで二年ほど時間を置いたおかげか、ユソルロはアルベルトの尽力のおかげもあって、ずいぶんと豊かな街となった。

ストヴァルが王家と関わりがあることもあり来賓《らいひん》は多く、その中にはシェルニアの父フラドの姿もあった。

「ありがとうございます、オズワルド侯爵」

再会する日が来るとは思っていなかったレインは、緊張した面持ちで父を見上げた。

記憶よりも白くなった髪と増えた皺《しわ》が、ふたりが離れて過ごした年月を感じさせる。

「少し話をさせていただいても？」

「わかりました。レイン、俺はあちらにいるから後で合流しよう」

突然父とふたりきりにされることに戸惑い、レインは縋《すが》るようにストヴァルを見つめたが、彼は安心させるようにレインの手を握ると、返事を待つことなくその場から姿を消した。

「視力が戻ったとお聞きしました」

フラドの言葉に、レインはなんと返したらいいかわからなかった。

恐ろしくて顔が見られずうつむいているレインは、フラドが優しい表情で自分を見つめていることに気がつかない。

「貴方が幸せそうでよかった。私にも大切な娘がいました。生きていたら貴方と同じ年です」

その言葉に、フラドがシェルニアのことを話しているとすぐに察した。死んだことにしてほしいというシェルニアの願いを、父が守り続けていることも理解した。けれどそれを今のレインに語る真意がわからなかった。

なにも言えずにいるレインに、フラドは一瞬悲しげに瞳を揺らした。

「幸せになりなさい。誰よりも、なによりも」

フラドは動けないでいるレインにそう告げると、背を向けてどこかへ立ち去ろうとする。

「……っ」

記憶よりもずっと小さく見えるフラドの背を視界に入れてしまうと、もう耐えられなかった。

「お父様！」

レインは大きな声で叫んだ。

動きにくいドレスで父の背中を追いかける。

ざわめいていた場が静まり、レインとフラドに注目が集まっていても、レインはもう迷わずにフラドに駆け寄ると、彼が振り返ったその胸に飛び込んだ。

「シェルニアは幸せでした、どんな時もお父様が味方でいてくれたから」

フラドははじめこそ驚きの色を浮かべたが、次第にその表情は優しさと共感に変わっていった。

彼はゆっくりとレインを抱きしめ、娘の幸せを祈るように頭を撫でた。

「レイン、君が幸せであればそれでいい。君の幸福を願っているよ」

フラドは優しく微笑んで言った。

レインはフラドの胸に抱かれながら、涙を流す自分を抑えきれずにいた。

それは悲しみではなく、感動の涙だった。

彼女が再び、父と向き合えた瞬間だった。

「お父様、私……今も幸せです」

レインはその言葉を強く伝えるように、心からの感謝を込めた。

フラドはレインを抱きしめたまま、彼女の言葉に微笑みながらうなずいた。

「娘が幸せであれば、それが最大の喜びだ。綺麗になったな、シェルニア」

フラドの言葉に、レインはそれが見た目のことだけではないことを悟った。

心が温かく包まれる。

彼女はシェルニアから離れて成長してきた自分を、父がどれほど理解してくれているのかを実感した。

シェルニアであった頃の自分は他人に迷惑をかけまいとするばかりだった。

今の自分は、自分の幸福を掴むために生きることを知った。

それをフラドが理解し、祝福してくれていることに胸がいっぱいになった。

親子のやりとりを見つめていた周囲の人々は、静かに微笑んでいた。
そして式はつつがなく進行し、レインとストヴァルの笑顔はさらに輝きを増す。
満開のユソルロの花は、ふたりの未来に幸せが溢れていることを示していた。

この作品に対する皆様のご意見・ご感想をお待ちしております。

おハガキ・お手紙は以下の宛先にお送りください。

【宛先】

〒150-6019 東京都渋谷区恵比寿4-20-3 恵比寿ｶﾞｰﾃﾞﾝﾌﾟﾚｲｽﾀﾜｰ 19F
（株）アルファポリス　書籍感想係

メールフォームでのご意見・ご感想は右のＱＲコードから、
あるいは以下のワードで検索をかけてください。

アルファポリス　書籍の感想　検索

ご感想はこちらから

本書は、「アルファポリス」（https://www.alphapolis.co.jp/）に掲載されていたものを、
改題・改稿、加筆のうえ、書籍化したものです。

記憶《きおく》を失《な》くした彼女《かのじょ》の手紙《てがみ》
～消《き》えてしまった完璧《かんぺき》な令嬢《れいじょう》と、王子《おうじ》の遅《おそ》すぎた後悔《こうかい》の話《はなし》～

甘糖むい（あまとう むい）

2024年 3月 5日初版発行

編集－渡邉和音・森 順子
編集長－倉持真理
発行者－梶本雄介
発行所－株式会社アルファポリス
〒150-6019 東京都渋谷区恵比寿4-20-3 恵比寿ｶﾞｰﾃﾞﾝﾌﾟﾚｲｽﾀﾜｰ19F
TEL 03-6277-1601（営業） 03-6277-1602（編集）
URL https://www.alphapolis.co.jp/
発売元－株式会社星雲社（共同出版社・流通責任出版社）
〒112-0005 東京都文京区水道1-3-30
TEL 03-3868-3275
装丁・本文イラスト－花守
装丁デザイン－AFTERGLOW
（レーベルフォーマットデザイン―ansyyqdesign）
印刷－図書印刷株式会社

価格はカバーに表示されてあります。

落丁乱丁の場合はアルファポリスまでご連絡ください。

送料は小社負担でお取り替えします。


ISBN978-4-434-33499-3 C0093